Douzième Année. — N° 3.   15 Juillet 1908.

LE
MUSÉE BELGE

REVUE DE PHILOLOGIE CLASSIQUE

PUBLIÉE SOUS LA DIRECTION DE

F. COLLARD   **J. P. WALTZING**
PROFESSEUR A L'UNIVERSITÉ DE LOUVAIN   PROFESSEUR A L'UNIVERSITÉ DE LIÈGE

Th. SIMAR.

Lettres inédites d'humanistes belges
DU XVIᵉ ET DU XVIIᵉ SIÈCLES.

LOUVAIN

CHARLES PEETERS, LIBRAIRE-ÉDITEUR
20, RUE DE NAMUR, 20

PARIS   BERLIN
A. FONTEMOING   R. FRIEDLAENDER ET FILS
4, rue Le Goff   Carlstrasse, 11. N W.

Secrétaire : J. P. WALTZING, 9, rue du Parc, Liège.

AVIS.

Le Musée Belge, *Revue de philologie classique*, ne publie que des travaux originaux ayant trait à la philologie ancienne.

Le Bulletin *bibliographique et pédagogique du Musée Belge* embrasse un domaine plus étendu que le *Musée Belge* : une place y est réservée à tous les ouvrages nouveaux qui peuvent intéresser l'enseignement littéraire et historique. Il s'occupe des langues et des littératures anciennes, celtiques, romanes et germaniques, de l'histoire et de la géographie, ainsi que de la pédagogie.

Pour tout ce qui concerne la rédaction du *Musée Belge* et du *Bulletin bibliographique*, s'adresser à M. J. P. Waltzing, *professeur à l'Université de Liége, 9, rue du Parc, Liége*.

Les articles destinés à la *partie pédagogique* doivent être adressés à M. F. Collard, *professeur à l'Université de Louvain, rue Léopold, 22, Louvain*.

Le *Musée Belge* paraît tous les trois mois par fascicules de 80 à 100 pages.

Le *Bulletin* paraît tous les mois, à l'exception des mois d'août et de septembre, par fascicules de 32 à 48 pages.

En Belgique, dans les Pays-Bas et dans le Grand-Duché de Luxembourg, le prix d'abonnement est fixé à 10 fr. pour les deux parties réunies. Dans les autres pays, on peut s'abonner à la première partie seule au prix de 8 fr., et aux deux parties réunies au prix de 12 fr. S'adresser à M. Ch. Peeters, libraire, rue de Namur, 20, à Louvain.

Les onze premières années, comprenant chacune 2 volumes de 320 à 480 pages, sont en vente au prix de 10 fr. chacune.

Provisoirement, les abonnés pourront se procurer une ou plusieurs de ces onze années au prix de 7 fr. 50 par année, le port en sus.

D'HUMANISTES BELGES

DU XVIᵉ ET DU XVIIᵉ SIÈCLES

PAR

Th. SIMAR

Docteur en philosophie et lettres.

Les lettres que nous allons publier proviennent en majeure partie de la riche collection de Camerarius, conservée à la Bibliothèque Royale de Munich. Les autres pièces sont extraites de la Bibliothèque universitaire d'Utrecht, de la Bibliothèque Royale de Bruxelles et de la Bibliothèque Nationale de Paris.

A première vue, on trouvera étrange qu'une période assez longue soit étudiée ici à l'aide de documents peu nombreux et très disparates. On remarquera cependant que notre but est moins d'envisager dans son ensemble une période de l'histoire humanistique, que de mettre en lumière quelques personnages de la fin du xviᵉ siècle et du commencement du xviiᵉ, qui ont joué un certain rôle dans l'histoire des lettres belges ; ces documents nouveaux ont précisément l'avantage de déterminer leur rôle et de leur assigner la place qui leur revient.

Plusieurs d'entre eux sont plutôt méconnus qu'oubliés ; ils ont eu le malheur de ne pas laisser de correspondance et de ne pas se conformer aux habitudes de leur époque ; leur nom a pâli peu à peu et en fin de compte a été éclipsé par des rivaux non plus capables, mais plus habiles et plus désireux de passer à la postérité. Heureusement, à défaut de gros

volumes épistolaires, on retrouve par ci par là quelques
lettres familières que leurs correspondants ont eu la bonne
idée de nous conserver. Ces lettres sont moins artistiques
que les multiples *Centuriae epistolarum*, mais elles sont
bien plus importantes. Ne songeant pas à être lu et admiré,
l'auteur d'une lettre familière ne songe pas à poser pour la
galerie et à déguiser sa pensée sous un beau latin.

Au contraire, le style est parfois d'une incorrection dérou-
tante et rien n'est moins littéraire, par exemple, que le latin
d'un Wendelinus ou d'un Carrion. Les faits ne sont pas
dénaturés au profit de la phraséologie, ils sont racontés
simplement et clairement. La flatterie et le panégyrique si
fréquents chez l'épistolier littérateur n'ont pas de raison
d'être dans la familiarité. Nous apprenons même sur les
hommes et les choses des détails qui ne figureraient pas
décemment dans un recueil destiné à la publicité. La correspondance intime n'hésite pas à dire crûment ce qu'elle
pense de tel personnage que la lettre artistique couvrirait
de fleurs de rhétorique. L'homme s'y peint tout entier avec
ses défauts et ses qualités, avec les passions du moment,
avec des jalousies et des rancunes qu'on ne retrouve guère
dans la correspondance publiée.

Aussi, l'utilité de ces documents si différents sera de nous
montrer sous des aspects nouveaux ces figures du temps
passé dont on peut dire, avec Montaigne, qu'elles sont vraiment ondoyantes et diverses.

Le choix de ces lettres a été déterminé par un autre motif
encore. Il nous permet de retracer à grands traits l'histoire
des lettres classiques depuis l'époque de sa grande efflorescence sous Cornelius Valerius et son école jusqu'à la décadence sous Erycius Puteanus et P. Castellanus. Nous avons
suivi le même plan que F. Nève dans son ouvrage : *La
Renaissance des lettres et l'essor de l'érudition ancienne en
Belgique* (1). Prendre à part un personnage éminent, décrire

(1) Louvain, 1890, in-8.

d'après les documents son activité scientifique, le montrer
dans l'évolution de la science, dans ses rapports avec le
monde savant et conclure de là au progrès ou au recul des
études : tel est le modèle adopté pour cette rapide esquisse
du mouvement humanistique dans nos provinces de 1560 à
1630 environ.

Ce mouvement est représenté par L. Carrion, Th. Canter
et son frère Guillaume, Cornelius Valerius, Petrus Colvius
dans la dernière moitié du xvi° siècle et par Pierre Castellanus, Jean Woverius (Van den Wouvere) et Godefroid
Wendelin dans la première moitié du xvii°. Ces noms,
quoique moins vantés que ceux des Lipse, des Schott et des
Puteanus, sont tout aussi dignes de figurer avec honneur
dans la série de nos humanistes célèbres. Chacun d'entre eux
symbolisera en sa personnalité un caractère différent de
l'humanisme belge et de ces traits divers se dessinera un
petit tableau du type humanistique en Belgique à la fin du
xvi° siècle.

*　*

Cornelius Valerius est le premier et le plus ancien de ces
champions intrépides. Né près d'Utrecht, en 1512, il avait
étudié dans sa ville natale, puis à Louvain au Collège des
Trois-Langues sous Goclenius et finalement il avait accepté,
au même collège, la chaire de latin devenue vacante par la
mort de Pierre Nanninck (Nannius) en 1557. Il l'occupa jusqu'à sa mort en 1578. Il eut une pléiade d'élèves distingués,
parmi lesquels André Schott, Juste-Lipse, Louis Carrion et
les frères Canter.

Son zèle était à la hauteur de son érudition. Il ne cessait
d'exhorter ses disciples à l'étude des auteurs anciens (1).

(1) C'est Valerius qui conseilla à Juste-Lipse d'étudier Tacite (*Epistol. centur. I
miscell.*, n° 1 : *Tot protela admonitionum tuarum nondum effecere ut vel manum
admoverem commentario Corneliano*) et Plaute (*Epistolic. quaest. lib. III*, n° 16 :
ad Plautum quod me vocas, audio, non ausculto).

Sur Corn. Valerius, cf. Paquot, *Mémoires pour servir à l'histoire littéraire des dix-
sept provinces des Pays-Bas*, t. II, p. 597-99 ; F. Nève, *Mémoire sur le collège des
Trois-Langues*, Bruxelles, 1856, p. 156-162.

Humaniste dans toute la force du terme, il poussait très loin le souci du style et il adorait Cicéron qu'il proposait à l'imitation de ses jeunes élèves (1). Presque tous ses travaux de critique roulent sur des œuvres de Cicéron. Ses notes sur le traité *De officiis* parurent en 1568 et en 1576, à Anvers, avec celles de Gu. Canter. La lettre qui va suivre nous apprend qu'il avait envoyé des observations critiques sur le *De natura deorum* au philologue François Fabricius, directeur de l'école latine de Dusseldorf.

Ce Fabricius (1525-1573) était aussi un admirateur passionné de Cicéron et il a publié une foule de remarques critiques sur le texte de différents ouvrages du grand orateur. Nous le voyons en rapport assez intime avec notre Cornelius Valerius, qui lui envoya un correcteur, une espèce de secrétaire qui copie et revoit les manuscrits de son maître ou qui se charge même d'enseigner à sa place. Valerius engage fortement son confrère à l'étude constante de Cicéron et de Démosthène. Il lui annonce que Plantin entreprendra bientôt une édition complète des œuvres de Cicéron et il le prie de lui envoyer des notes. Plantin mérite l'estime de tous les savants tant à cause de son affabilité que de son zèle infatigable pour le progrès des bonnes lettres.

Adolescens ille, quem mihi commendasti, Fabrici doctissime, literas tuas III Cal. Junii datas heri mihi reddidit cum literis ad Pulmannum (2) quas hodie curavi redditas. Ei adolescenti quâcumque re potero libenter commodabo. Quod jam scholasticarum occupationum parte aliqua in correctorem tuum, quem tibi placere vehementer gaudeo, translata, lucubrationes tuas in Ciceronem et Demosthenem prosequeris, erit hoc et eruditis gratum et studiosae

---

(1) Juste-Lipse savait si bien que Valerius était ardent cicéronien, qu'il crut devoir s'excuser d'avoir changé de style, lors de la publication des *Antiquae lectiones* : « Habes *Antiquas* meas, Valeri. Et de stilo mutasse me nonnihil a primis illis *Variarum* libris videbis. Sive aetas hoc facit, sive nunc judicium meum. Qui puto ejuscemodi διδακτικὰ scripta diffusum illud, suave, numerosum orationis genus, quale a Cicerone manat, non admittere » (*Epistol. quaest. lib.* III, 16).

(2) Théodore Pociman, humaniste belge. Fabricius publia en collaboration avec lui des notes sur Térence en 1565 et 1580 (Anvers, Plantin). Voy. *Biographie nationale*, t. XVII, p. 876.

juventuti perutile (1). Tu perge quaeso paulatim aliquid in lucem
proferre, et observationes quas habes in quaedam Ciceronis
scripta, si jam perfeceris, edendas primo quoque tempore typo-
grapho alicui trade (2). Audio Christophorum Plantinum moliri
novam omnium operum Ciceronis editionem absolutissimam. Eum,
si poteris, adjuva. Dignus est quem docti omnes favore prose-
quantur cum propter summam ejus humanitatem tum propter
indefatigabile in re litteraria excolenda studium. *Nos paucula
quaedam aliter in libris Ciceronis de natura deorum manuscriptis
atque in vulgatis lecta, ad te mittimus, si tibi forte usui esse pos-
sint.* Arpocrationem diligenter hic quaesitum non invenimus.
Correctorem et D. Oridryum salvere, quaeso, jube teque amantis-
sime. Bene vale. Lovanii, 12 cal. Augusti 1565.

> Tuus ex animo Cornelius Valerius (5).

Jusqu'ici Cornelius Valerius nous apparaît comme un
hardi pionnier de l'humanisme, ardent au travail et tout
dévoué à ses élèves. Ses auditeurs sont unanimes à faire
son éloge. Juste-Lipse le proclame bien haut son maître et
son directeur ; la vue seule de ses traits énergiques l'excite
au travail (4). Valère André nous trace en quelques traits la
figure du savant maître dans un passage de son histoire du
collège Busleiden : *animus fortis, hilaris, humanus, pietati
deditus, lacessentibus alios et obtrectantibus malevolens, cle-*

(1) Le dévouement de Valerius à ses élèves était admirable. Il avait écrit plusieurs
manuels qui présentaient, condensées en quelques pages, les notions principales de la
grammaire, de la rhétorique, de l'éthique, de la physique, etc. Ces manuels étaient
d'une haute valeur pratique et mériteraient une étude approfondie.

(2) Voici les publications de Fabricius : 1562, notes sur *Pro Ligario, Pro Milone,
Pro Fonteio, De provinciis consularibus,* Cologne, 12º ; 1563, notes sur Plutarque,
Anvers, 12º ; 1572, notes sur les Verrines, Cologne, 12º ; 1568, notes sur les Tusculanes
d'après l'édition de Lambin, 8º, Cologne (un exemplaire de cette édition a servi au
célèbre Muret et a été annoté par lui. Cf. *Mélanges d'archéol. et d'hist. École franç.
de Rome,* 1883 : P. DE NOLHAC, *La bibliothèque d'un humaniste au XVIᵉ siècle,*
pp. 223-24) ; 1565, notes sur Térence, voy. ci-dessus.

Je ne trouve pas les notes de Valerius sur le *De natura deorum.*

(3) Paris, Bibliothèque nation., nouv. acq. lat., nº 1554, fol. 185. Au verso, on lit
l'adresse suivante : Doctissimo viro D. Francisco Fabricio Scholae Dusseldorpianae
moderatori prudentissimo. Dusseldorpii. En haut de la page : Manus Cornelii Valerii
de Aõ 1563 ad Franciscum Rectorem Dusseldorpiensem.

(4) *Epistol. cent. miscell.,* 1, nº 1.

mentibus favens, ipse mitis et indulgentior quam severior, bene cupiens omnibus, incredibili discendi studio flagrans, sed ab omni sophistica prorsus abhorrens. F. Nève nous assure que Valerius avait conservé jusqu'à sa mort des sentiments conformes à la dignité sacerdotale dont il était revêtu (1).

A l'encontre de tous ces témoignages, nous devons dire à regret que C. Valerius ne fut pas un modèle sous tout rapport. Sa vie privée n'est pas à l'abri de tout reproche. Trois lettres autographes de C. Valerius à André Waelkis (2) attestent, sans l'ombre d'un doute, que Valerius avait une fille illégitime.

L'authenticité des trois lettres est incontestable. Elles sont signées Cornelius Valerius, *professor latinus*, à Louvain, en 1565, 1569 et 1570, renseignements qui ne peuvent s'appliquer qu'au Valerius bien connu. Un passage de la seconde lettre nous apprend que son auteur était âgé de 57 ans en 1569 (3), de sorte qu'il était né en 1512, date de la naissance de Valerius. Le style des lettres est d'une correction qui ne peut appartenir qu'à un humaniste et on y reconnaît la phrase de Cicéron.

L'auteur affirme qu'il a travaillé toute sa vie et qu'il travaille sans relâche (4). Ce qui confirme les renseignements des biographes sur la carrière laborieuse de C. Valerius.

Il avait dû connaître dans sa jeunesse une femme nommée Élisabeth qu'il appelle plusieurs fois *mater filiae meae* et non pas *uxor mea* (5). Cette femme n'habitait pas Louvain, mais Utrecht, où elle était au service d'André Waelkis, condition certainement incompatible avec sa dignité, si elle

(1) *Mémoire*, etc., p. 159. Le passage des *Exordia collegii Buslidiani* de Valère André est cité par Nève.

(2) Utrecht, Bibl. univ., ms. n° 983, fol. 3-4 et 18.
Lovanii, 24 julii 1565, 14 cal. dec. 1569, prid. cal. decemb. 1570.

(3) ... *Cum nondum sit annos LIIII, et sit me... tribus annis minor.* (2ᵉ lettre).

(4) ... *qui perpetuo laboravi tota vita et laboro* (ibid.).

(5) *Saluta... Elisabetham famulam tuam cum filia* (1ʳᵉ lettre). *Elisabetha famula u a mater filiae meae scripsit...* (2ᵉ lettre).

eût été l'épouse de Valerius (1). C'était une fille du peuple
ignorante et même illettrée, à en croire les propres paroles
de Valerius (2). Elle recevait chaque année de Louvain une
somme destinée à suppléer à l'insuffisance de ses gages (3).
Le professeur veillait aussi à l'entretien de sa fille Anna qui
vécut longtemps chez un de ses amis, Arnoldus Honthor-
stius, et fut mariée entre 1565 et 1569 à un jeune homme
d'Utrecht, Théodore Goyer (4). Elle était coquette et dépen-
sait sans compter, car son père lui reproche de faire plus
de frais pour sa toilette en une année que lui, professeur,
en trois ans (5). Il paraît même surveiller de très près la
conduite de la fille et de la mère, car il demande plus d'une
fois à ceux de ses amis qui les connaissent des *testimonia
vitae* (6). Il lui déplaît également que sa fille reste oisive dans
la maison de Honthorst ; il voudrait en faire une vulgaire
« demoiselle de magasin » (7).

Comment supposer que la fille légitime d'un membre du
corps académique serait obligée de « servir la pratique
derrière un comptoir » ? Une épouse demeurerait-elle loin
de son mari et serait-elle réduite au rôle de servante ? Serait-
elle soumise à une surveillance aussi étroite ? Évidemment
non. Il n'y a qu'une hypothèse capable d'expliquer ces choses

(1) Voy. la note précédente. *Quod anno superiore hoc ipso mense pollicitus sum,
confrater amicissime, me quotannis circiter X flor. ad utilitatem Elisabethae nostrae
missurum, ut quo majus paulatim senescit adjungatur ei aliqua puella quae partem
laboris domestici ferat...* (3e lettre).

(2) *Ego quia scio illam nec legere nec scribere pro se posse...* (2e lettre).

(3) Voy. encore la note 2. *Ceterum quod nunc a me donatur ad subveniendum
Elisabethae, id singulis annis augebo* (lettre 3).

(4) ... *Poteris totam rem indicare filiae meae et genero...* (2e lettre). *Quoniam
quadam de re scripturus eram ad generum meum Theodoricum Goyerum...* (id.).

(5) *Hoc velim te si grave non sit ipsi Annae et matri ejus indicare, ut intelligant
sumptus nimium crescere, et majores esse quam ut ferre possim aut debeam, cum
ego qui me vestio honestissime tantos sumptus non faciam in tribus annis in vestiendo,
quantos illa consumit uno* (1re lettre).

(6) ... *Praeterea mihi opus erit testimonio vitae filiae meae et Elisabethae matris
ejus...* (1re lettre).

(7) ... *Nec ita semper otiosa (filia mea) desideat, ut hactenus fecit, sed potius sit
in taberna aliqua mercatoris, in qua panni serici et similes merces vendantur...*
(1re lettre).

si singulières. Valerius avait commis dans sa jeunesse une
faute qu'il s'est bien gardé de dévoiler, car jamais il n'aurait
été reçu à l'Université de Louvain. Nous avons affaire, il
faut bien l'avouer, à un de ces trop nombreux humanistes
qui prêchaient la vertu, mais oubliaient parfois de la mettre
en pratique. Sa conduite est d'autant plus condamnable qu'il
aurait osé profaner la dignité sacerdotale. Il faudrait savoir
si vraiment il fut prêtre, car on ne peut accorder confiance à
ses biographes qu'on vient précisément de trouver en défaut.

*
* *

Le grand mérite de Valerius est d'avoir formé d'illustres
érudits, comme les frères Canter et Louis Carrion.

Guillaume et Théodore Canter n'appartiennent pas à la
Belgique (1), mais leur jeunesse se passa à l'Université de
Louvain, où ils acquirent ces qualités de méthode et de
critique qui allaient les mettre au premier rang des philologues hollandais. « Gu. Canter, dit F. Nève, s'était exercé,
» à Louvain, dans tous les genres de composition ; chaque
» semaine, il avait la coutume de rédiger des épîtres grec-
» ques et latines, et souvent il le fit avec bonheur » (2).

Guillaume surtout est le type de l'homme qui aime les
lettres pour elles-mêmes et qui se consacre exclusivement à
leur culture avec autant de zèle que de désintéressement.
Il est mort à la fleur de l'âge, à 34 ans, martyr de l'érudition, ruiné par le travail et les veilles. Personne n'a si bien
décrit que Juste-Lipse cette ardeur fiévreuse, cette maladie
de l'étude qui minait lentement mais sûrement le jeune
humaniste : « Je n'ai jamais vu un esprit si infatigable,
» écrit-il à C. Valerius, si avide de connaître et si patient

(1) Leur famille est originaire d'Utrecht. Lambert Canter, né en 1513, étudia à
Cologne et à Louvain, parcourut la France, mérita la confiance de Charles-Quint et
remplit des charges publiques à Utrecht. Il mourut le 25 juin 1563. Cf. Gu. Canteri,
Novarum lectionum lib. IX, dans *Gruteri lampas critica*, lib. II, cap. 26. Des mono-
graphies manquent sur Gu. et Th. Canter. Cf. Suffrid. Petri, *De scriptoribus Frisiae*
decas XII, XV ; Vander Aa, *Biographisch Woordenboek*, et C. Burmann, *Trajectum*
eruditum, Utrecht, 1750.

(2) *Mémoire*, etc., p. 307.

» au travail. Canter est toujours dans les livres et les
» papiers, le jour, la nuit, qu'il soit assis ou couché ; non
» seulement tous les jours sont consacrés à l'étude, mais
» toutes les heures sont divisées mathématiquement et attri-
» buées les unes à la lecture, les autres à l'écriture. Pline le
» Jeune vante l'ardeur de Pline l'Ancien ; mais cette ardeur
» n'est que de la paresse à côté de l'enthousiasme d'un
» Canter (1) ! »

Son principal ouvrage *Novarum lectionum libri IX*, publié
plusieurs fois avec additions, est le fruit de connaissances
prodigieuses acquises dans ses voyages en France, en Italie,
en Allemagne et à Louvain où il séjourna jusqu'à sa mort
en 1575, sans accepter aucune charge, uniquement occupé
de la critique des auteurs anciens.

Helléniste distingué, il était en relations avec les plus
grands savants de l'époque. Dorat, Lambin, Fruytiers
étaient en rapport avec lui comme on va le voir. En Italie,
il se lia avec Sigonius, Muret, Vincent Pinelli et Fulvio
Orsini (2).

Il aimait tendrement son frère Théodore qui était trois
ans plus jeune que lui. Après ses études à Louvain, Théodore se rendit à Paris et grâce à l'influence fraternelle, il
réussit à se faire admettre comme pensionnaire chez le célèbre Dorat, alors professeur au Collège de France. La lettre
suivante, écrite par Guillaume à son frère, nous prouve
l'amitié qui unissait les deux jeunes gens et la sollicitude de
Guillaume pour le cadet plus écervelé et moins raisonnable.

S. P. Quanquam nudiustertius ad te litteras per nostratem
quemdam dedi, frater carissime, tamen iterum scribere me non
puduit, cum haec obvenisset occasio. Etenim qui has ad te perfert,
Hugo Blotius (3), juvenis est probus et doctus, cum quo mihi heic

----

(1) *Epistol. cent. 1 miscell.*, n° 1, citée plus haut.
(2) Cf. *Novar. lect.*, lib. III, n° 4.
(3) Hugo Blotius, né à Delft, voyagea aussi en Italie et en France. Il devint le premier bibliothécaire de la Bibliothèque impériale de Vienne. Cf. J. F. REIMANNUS, *De
Bibliotheca Caesarea Vindobonensi*, lib. 1. — Beaucoup de ses lettres inédites sont
dans la *Collectio Camerariana* à Munich.

diu fuit consuetudo jucundissima. Nec poenitebit, arbitror, te si
voles eum tibi familiarem facere. Praeterea per hunc facile poteris, qui discipulos duos Antverpienses habet, tuto, quae voles, ad
nos mittere (1), praecipue Lycofronica, quae anxie desidero (2).
Quodsi nulla prorsus ullo tempore suppetet oportunitas, saltem
proximis nundinis Francofurtum per Wechelum, quod poteris
mitte. Nam illic adfuturum auctumno me spero. Interea quoque
pecuniam ut accipias pro Epistolis curabo. Audio turbas aliquas
entre nous autres ante dies aliquot excitatas esse : qui rumor,
nescis quantum mentem meam percellat. Nam tibi unice timeo,
verumtamen prudentiae tuae confido. Bene vale fr. carissime.
Saluta Auratum, Lambinum (3), Fruterium, quem brevi lepidis
aliquot in Marcellum notis recreabo (4).

Lovanii, 5 maii LXV.

Votre frère,
G. Canter Ultr. (5).

Théodore marcha sur les traces de son frère et il publia
par la suite des *Variae lectiones* (1575) et des notes sur
Arnobe, très estimées. Mais son activité ne s'exerça plus en
Belgique, il rentra à Utrecht sa patrie. Il avait noué des
relations avec un autre élève de Valerius, Louis Carrion
(1547-1595).

Comme Guillaume Canter, Carrion est le type de l'humaniste avide de tout connaître et dépourvu d'autre ambition.
Infatigable chercheur, il parcourut soit seul, soit en compagnie de ses amis (6), la Belgique, l'Allemagne, la France,
visitant les bibliothèques pour y trouver des manuscrits.

---

(1) Selon l'usage de l'époque, les jeunes gens de bonne famille voyageaient à
l'étranger pour s'instruire sous la direction de leur précepteur.

(2) Gu. Canter publia en effet, en 1569, à Anvers, une traduction latine de la
Cassandre de Lycophron, avec des annotations.

(3) Th. Canteri Variar. lect. lib. I : *Duobus abhinc annis, plus aut minus, cum
Lutetiae Parisiorum agens Dionysium Lambinum.... audirem.*

(4) Lucas Fruytiers, savant belge, mort l'année suivante. V. *Biogr. nat. de Belg.*,
t. VII, 1880, p. 342-45.

(5) Munich, Cod. Cam. 19, n° 10369, fol. 90. Adresse : *Probo et erudito juveni
Theodoro Cantero fratri carissimo. Apud Auratum, profess. Regium e regione
Collegii montis acuti,* à Parys. — Le célèbre Dorat était professeur au Collège de
France depuis 1560.

(6) En compagnie de Franciscus Modius. Cf. Lehmann, *Franc. Modius, als Hand-*

Nous savons qu'il visita Saint-Bertin et Clairmarais en Artois, Saint-Trond, Tongres, Liège, Namur, Gembloux, Louvain, Cologne. Il y faisait la collation des manuscrits et en copiait les variantes, mais il travaillait trop hâtivement.

Poursuivant mille projets aussitôt abandonnés que conçus, incapable de s'armer de patience, il écrivit tout jeune des *Adversaria* qu'il n'osa publier ; il se proposa de donner une nouvelle édition d'Arnobe qui n'a jamais vu le jour ; il édita les Argonautiques de Valerius Flaccus en 1566 et s'aperçut trop tard que son texte était défectueux. Par contre, son *Censorinus* (de die natali), ses *Antiquae lectiones* et les fragments des histoires de Salluste ont une réelle valeur.

Carrion est une des plus remarquables personnalités du temps. Exclusivement voué à la science, il s'inquiète très peu de la forme. En 1569, il écrit à Th. Canter que son amitié lui est acquise désormais, à la condition que ses lettres soient sans apprêt et sans souci d'élégance. Il ne veut pas que le genre épistolaire soit une occasion de faire briller l'art d'un littérateur, mais qu'il reste pour les savants le moyen de se communiquer leurs idées.

S. P. Gratissimae mihi fuerunt litterae tuae, mi Cantere, duplici nomine, et quod a te proficiscerentur, et quod insignem tuam erga me benevolentiam testificarentur. Eis itaque auspiciis amicitia nostra cum sit inita, te posthac non amplius inter novos sed inter veteres eosque carissimos amicos numerabo, frequentique litterarum vicissitudine, si tibi non ingratum fore cognovero, te interpellabo, ea tamen lege ut nihil a me accuratum, nihil expolitum exspectes, sed illud hoc locum habere sinas epistolas familiares debere aliquando alucinari.

De casto Cereris apud Plautum fugit me ratio, nihil enim invenimus de Cereris nuptiis. De fragmento Sallustii ad me misso, valde amo te, non tam mehercle quod alicui usui mihi fuerit, cum

schriftenforscher, München, Beck. 1908, p. 49 ff. 122 ff. Carrion portait avec lui un catalogue des plus grandes bibliothèques qu'il consultait dans ses voyages.

Carrion visita Cologne deux fois. La première fois, en 1564, il y trouva un Silius Italicus, un Codex perdu de Censorin et un Salluste, qu'il utilisa pour son édition des *fragmenta Sallustii* en 1573. — V. aussi *Biogr. nation.*, t. III, art. de Roulez.

illud diu ante cum sexcentis aliis ab Aldo Manutio praetermissis (1)
in adversariis meis haberem (2), quam quod ex eo te intellexerim
nihil quod ad meam utilitatem pertinere possit, libenter omissu-
rum et ne nihil ad te nitidioris mittam, accipe eundem illum locum
castigatiorem et quae de eo in adversaria mea retuli : « Sallustius
sic ait : Quia principes intelligendi divina fuerunt, vetustatem, ut
cetera, in majus componentem altores Jovis celebravisse. Servius
quoque in III lib. Aeneid. : Jupiter, inquit, in Creta dicitur esse
enutritus : quod ideo fingitur, ut ait Sallustius, quia primo Cretenses constat invenisse religionem. Idem Servius lib. VIII :
Sallustius dicit primo Cretenses invenisse religionem. Quod autem
quibusdam in libris est, in majus componentes, hoc rectius a nobis
scriptum est, in majus componentem. Vetustas enim, ut et poetae,
omnia in majus effert. De vetustate locus hic est Sallustii, de
poetis ita Claudianus :

Licet omnia vates
In majus celebrata ferant.

Haec fere sunt quae hoc de loco notavi (5), quae tum demum
tibi grata fuisse mihi persuadebo, cum caput aliquod ex tuis
Observationum libris ad me mittes ; addam aliquid vere coronidis.
Cum nuper acta Apostolorum legerem et ibi quemdam Sosthenum (4) nominari viderem ad te scribendum putavi si quid forte
ad Sosthenum tuum Cyprianicum faceret, maxime cum graeca
etiam exemplaria in hac scriptura consentiunt. Tu itaque cogita.
Virum doctissimum Gulielmum Canterum fratrem tuum a me
saluta. Duaci, XIIᵃ feb., 1569.

Tui amantiss.
LUDOVICUS CARRION I. C. (5).

(1) L'édition de Salluste par Alde Manuce est de 1509, in-8.

(2) Le premier ouvrage de Carrion. Il demeura inédit, mais l'auteur le remania et
en fit ses *Antiquae lectiones* (1576). Cf. ch. 1, *Antiq. lect.*, dans GRUTER, *Lampas
critica*, Francfort, 1604, t. III.

(3) D'après Dietsch (éd. de Salluste, 1859, Lipsiae), le fragment appartient au
livre III, fr. 60. Dans l'édition Lemaire, il est rangé dans les *fragmenta incerti libri*
(p. 432-33). La leçon *in majus componentem* est définitivement admise. — *Quia
principes intelligendi divina...* Il s'agit de certains prêtres appelés Curètes. (Cf. DA-
REMBERG et SAGLIO, *Dict. ant. grecques et rom.*, 1, 2ᵐᵉ p., p. 1625).

(4) *Acta Apostol.*, XVIII, 17 : *Apprehendentes autem omnes Sosthenem principem
synagogae....*

(5) Munich, Col. Cam. ms. 19, fol. 104.

Voilà certes des théories sur le mépris du style qu'il est
rare de voir professer au siècle de l'efflorescence de l'humanisme. Juste-Lipse lui-même les aurait désavouées. Carrion
fait mieux que cela. Partisan décidé de la science pour la
science, il soumet ses ouvrages à ses amis et il leur demande non de banales flatteries, mais des critiques franches.
Il n'hésite pas lui-même à faire des remarques à ses correspondants lorsqu'il les trouve en défaut. Il fallait un certain
courage, avouons-le, pour dire à un Th. Canter, déjà célèbre,
qu'il usait trop de la critique divinatoire et pas assez de la
critique diplomatique. Or, Carrion est persuadé que la base
véritable de l'art de la critique est dans les manuscrits. Il
n'aime pas la conjecture, il nous le dit lui-même, et cela,
au moment où la critique conjecturale est à son apogée. Ses
théories sont en avance sur celles de presque tous ses contemporains, même de Lipse et de Scaliger, mais à son
époque, elles n'ont guère de crédit.

Carrion eut donc l'intention de donner une édition d'Arnobe en 1592. Il écrivait à Canter qu'il utiliserait ses notes
publiées dix ans auparavant, mais corrigées sur le texte de
bons manuscrits, car, malgré ses mérites, Canter n'avait pas
toujours deviné juste. Il lui faisait ce reproche en toute franchise et sans intention blessante; il voulait simplement savoir
s'il le recevrait en ami.

LUD. CARRIO TH. CANTERO SUO S. D. (1)

Novam Arnobii tui editionem cogito. A libris manuscriptis mihi
auxilii multum (2). Si quid forte habes quod correctionem adju-
vare possit, benigne feceris si miseris. Nam praeter castigatiores
et raras notas nihil in eo meum esse volo. Si tuas notas olim im-

(1) Munich, Cod. Cam. 19, fol. 106.
(2) L'Arnobe de Canter est de 1582, Anvers. Carrion possédait notamment un
manuscrit d'Arnobe qu'il tenait de Fr. Modius. Jamais il ne le lui rendit, malgré ses
protestations, et même après la mort de Carrion (17 août 1595) Modius ne put rentrer
en possession de son codex. Il fut envoyé à ce Jean Livineius dont il est question plus
bas. Il est aujourd'hui à la Bibliothèque royale de Bruxelles, n° 10846/47. Il faut
avouer que l'amour de Carrion pour la science lui faisait parfois oublier la loyauté et
la délicatesse que se doivent les érudits.

pressas voles adjungere, per me licebit, quamquam sunt nonnulla
in iis quae mutata optarim; neque enim tu omni praesidio mmss.
codd. destitutus saepe vere divinare potuisti, et ea ex meis notis
intelliges, in quibus tamen nihil erit quod non cum honore et
nominis tui honorifica memoria sit conjunctum; reliqua commentario tuo permitto. Haec te scire volui, ut cujus sis animi intelli-
gam. Spero enim ante natalem Christi sub praelo fore. Si quid
voles rescribere neque tabellarius Lovaniensis sit ad manum, tuto
quicquid voles Antverpiam ad Joannem Livineium mittes, qui
cum avunculo suo Laevino Torrentio agit (1); is cum fide ad me
perferri curabit. Lipsius mense septembri Lovanium reversus est
cum spe futurum ut ordines Brabantiae de professione aliqua pro-
videant (2), sed litterae, ut scis, nunquam Lovanii magno in pretio
fuerunt. Vale, mi Cantere, et veterem amicum ama. Lovanio,
nonis octobrib. cɔ ɪɔxcɪɪ.

Cette franchise un peu brusque, quoique en définitive
dictée par une véritable amitié n'était pas du goût de tous
ces humanistes très pointilleux. Elle créa beaucoup d'enne-
mis à Carrion. Juste-Lipse le qualifiait d'insensé parce qu'il
osait dire tout haut son opinion sur J. Scaliger, qui était un
grand savant, mais un homme très vilain : « Il va exciter
ces dents de fer à mordre », écrivait-il à Modius (3). Il est
vrai que Juste-Lipse lui-même, qui connaissait intimement
Carrion depuis sa jeunesse, ne l'aimait pas trop. Il affectait
un certain mépris pour ses travaux philologiques. En France,
écrit-il à F. Modius en 1583, je ne vois aucun livre nouveau
à part les *emendationum libri* de Carrion « de quibus taceo »,
en d'autres termes « qui ne valent pas la peine d'être signa-
lés ». C'est que Carrion n'hésitait pas à faire la leçon à son

(1) Jean Lievens (Livineius), humaniste, né à Termonde en 1546 ou 1547, mort en
1599 à Anvers. Il s'employa surtout à l'étude des Pères grecs et de la Bible des Sep-
tante. Depuis 1588, il était chanoine à Anvers où l'avait appelé l'évêque Laevinus
Torrentius. — V. *Biogr. nat.*, T. XII, p. 124-28, art. de L. Roersch.

(2) Lipse revenait de Liège et des eaux de Spa. Il est au moins étrange d'entendre
de la bouche de Carrion qui jouissait d'un canonicat à Louvain, cette remarque peu
flatteuse que l'université n'honorait pas les lettres.

(3) *Ferreos illos dentes homo bliteus provocat ad mordendum.* BURMANN, *Sylloge
epistol. vir. doctor.*, t. I, nᵒ 104.

ami Lipse ; les calomnies des érudits français avaient pour cause le dédain qu'il manifestait pour les critiques primitifs comme Beatus Rhenanus ou Glareanus. Lipse oublie, disait-il, et méconnaît les services qu'ils ont rendus aux lettres (1) et il ignore qu'ils lui ont singulièrement facilité la voie. Il lui souhaitait un peu plus de modestie et un peu moins de fatuité. Aussi, Juste-Lipse qui entretient généralement une correspondance considérable avec les savants de tout pays, n'écrit que rarement à Carrion (2) et il le fait de si mauvaise grâce qu'à trois lettres de son ami, il répond à peine par un court billet, comme le remarque Carrion par la lettre suivante :

L. CARRIO J. LIPSIO S. D.

Sperabam fore, mi Lipsi, ut in hac peregrinatione mea te viderem et mutuo tu de re Hollandica, ego de Gallica inter nos colloqueremur, idque eo magis quod te Brugas cogitare et Antverpia iter illuc velle facere certorum hominum sermonibus cognovissem ; sed frustra, ut video, speravi, quando tu per Zelandos Brugas es profectus. Cujacius, Brissonius, Scaliger, Faber (3) ec. quae coram tibi narrarem suggesserunt, et credo id non sine jucundi-

(1) Lettre de Carrion à Christophe Plantin dans *Sylloge epistolarum* de BURMANN, t. I, n° 9.

(2) Lipse et Carrion se connaissaient depuis leur jeunesse, quoique Lehmann, à l'encontre de L. Roersch, prétende que Lipse ne fut point le condisciple de Carrion au collège des Trois-Langues. Déjà Lipse en fait mention dans *Variarum lection.* lib. II, cap. IV et il l'appelle « eruditum hominem et multis officiis mihi conjunctissimum ». Plusieurs lettres des *Epistolicae quaestiones* lui sont adressées : I, 7 ; II, 2 ; II, 24 (celle-ci peut être datée, elle est du 19 octobre 1575, car Lipse écrit qu'il a célébré le jour précédent le 28° anniversaire de sa naissance à Overyssche, et qu'il a regretté l'absence de Carrion) ; III, 5 ; III, 15 ; III, 23 (de 1571) ; V, 6.

(3) Carrion suivait à Bourges les cours de Cujas. — Brissonius est le fameux Barnabé Brisson qui prit part aux querelles de la Ligue et fut pendu par ordre des Seize le 15 novembre 1591. Jurisconsulte très distingué, il est l'auteur du recueil des ordonnances d'Henri III, du traité de *Formulis et solemnibus populi Romani verbis*, du *de Regio Persarum principatu*. A notre époque, il était avocat général au Parlement de Paris. — Pierre Faber (1530-1613), philologue français, était aussi l'élève de Cujas. Il écrivit notamment les *Commentarii in libros Academicos Ciceronis et in orationem pro Caecina*. Juste-Lipse l'appelle *virum rari, constantis et admirabilis cujusdam ingenii, judicii, modestiae. Di faciant, ut ad id exemplum multi hodie scribant. Electorum lib. I, cap. XXII.* — J. Scaliger habitait à cette époque le château de la Roche-Pozay près de Tours.

tate aliqua futurum fuisse : nunc Biturigas subito revocor, neque quando ea occasio iterum affutura sit satis certe scio. Interea, si me amas, amare te nunquam desinam. Bongarsii Justinum quin videris nihil dubito (1). Curtius jam sub prelo est. Notata Mercatoris sive potius Cujacii nuper ad te misi. Tu ita litterarum parcus es ut ad ternas vix unis respondeas, iisque ita brevibus ut nihil fere in iis sit quod responsum requirat. Nansio nuper fragmenta Petronii a Vineto tibi donata commisi, fortasse an jam recepisti. Nam de epistolis Mureti etsi nihil rescripsisti, cum tamen eas Donelli socero (nisi gener est, nam vix memini) dederim (2), nihil dubito. Utinam coram plura licuisset.

Dum hic Antverpiae sum, beneficio oratoris Chedenaei nanciscor exemplar indicis illius Ancyreni multo diligentius et exactius descriptum quod Busbequio gratissimum futurum certe scio (3), eo magis quod jam locum veteris scriptoris illi indicarim ubi comitas Asiae Augusto et locum D. D. Bq. exemplum ipsius Augusti (4). Vale mi Lipsi. Ante 6 idib. Maiis cIɔIɔLXXXI; si quid rescribes, ad Plantinum (5) mitte.

Parmi les amis de Carrion et de Th. Canter on rencontre le Brugeois Pierre Colvius (1567-1594). Juste-Lipse qui l'avait eu comme auditeur à Leyde l'a caractérisé en deux mots : « credo (Colvium) in Gallia esse, si tamen sedet illi consilium semel captum ». C'est le type de l'humaniste coureur d'aventures, toujours mécontent de son sort et amateur de changement. Il médite sans cesse de nouveaux projets ; il abandonne les lettres pour le métier de soldat et finalement,

(1) Jacques Bongars, philologue français, 1546-1612. Son *Justin* est de 1581.

(2) Ce sont sans doute des lettres de Muret à Juste-Lipse. — Donellus (Hugues Doneau) (23 déc. 1527-4 mai 1591), jurisconsulte distingué, ami de Cujas, avait professé à Bourges jusqu'en 1572. Après la St-Barthélemy, il vint aux Pays-Bas et enseigna à Leyde avec éclat jusqu'en 1588. (Cf. ZEIDLER, *Vitae professor. juris Altdorfiani.*)

(3) Ce Chedenaeus est inconnu. Le célèbre monument d'Ancyre fut trouvé en 1554 et copié par Augier de Busbecq ou plutôt Ogier de Bousbèque, comme l'auteur lui-même écrit son nom dans une lettre inédite (Munich, col. Cam. 19, fol. 7). Le manuscrit est encore aujourd'hui à la Bibliothèque impériale de Vienne. Je ne sais quel est ce nouveau manuscrit découvert par Carrion.

(4) Toutes ces allusions sont incompréhensibles. Le premier passage « comitas Asiae » se rapporterait peut-être au chap. 24, l. 49 : *In templis omnium civitatum p... Asiae ?* Cf. *Monumentum Ancyranum* dans *Corp. Insc. lat.* III, 2, p. 769-799.

(5) Illisible dans l'original. — Munich, Col. Cam. 19, fol. 105.

va mourir misérablement en Normandie à Granville, la
jambe cassée par une ruade de cheval. Et cependant, ce
même Colvius est l'auteur de la meilleure édition d'Apulée
de l'époque : « Il n'avait que vingt et un ans, dit Roulez,
» quand parut cette édition, qui a placé son nom parmi les
» érudits distingués du xvi° siècle. Le premier, il montra la
» bonne voie à suivre dans l'emploi des manuscrits et les
» ressources qu'offre pour la correction du texte la connais-
» sance du style particulier à Apulée et aux autres écrivains,
» Africains comme lui. Ni avant ni après le savant brugeois,
» aucun éditeur n'a fait faire un pas aussi considérable à
» l'amélioration du texte de cet auteur » (1).

Son édition parut en 1588 à l'imprimerie Plantin de
Leyde. Après sa mort, ses notes critiques sur Sidoine
Apollinaire furent ajoutées à l'édition de Jean Van Wouve-
ren, Paris, 1598, in-8.

La lettre suivante est adressée à Th. Canter ; Colvius
demande l'avis du savant sur son Apulée.

PETRUS COLVIUS THEODORO CANTERO v. cl. S. Dico (2).

En tibi, mi Cantere amicissime, quod restabat in Milesio hoc
scriptore nostro (3), tandem, tandem absoluto. Velim vicissim nos
nunc ne celare velis, quicquid id est, quod tibi sub manibus, ut ad
manus nostras etiam brevi perveniat. Nam te aliquid, sive Grae-
cum, sive Latinum etiam nunc muginari (4) in privata ista secu-
rioreque vita non dubito. De Sidonio videbimus (5) : quibus res,

(1) *Biographie nationale de Belgique*, t. III, p. 300-311.
(2) Munich, Col. Camer. 19, fol. 184.
(3) Apulée. Je suppose que Colvius appelle Apulée « scriptor Milesius », parce qu'au
livre IV des *Métamorphoses*, il raconte l'épisode de Psyché, qui est un conte milésien.
(4) Dans le sens de méditer, réfléchir.
(5) Peut-être Théodore Canter lui a-t-il conseillé de publier un bon texte de lettres
de Sidoine ; à cette époque, il n'y avait encore que l'édition d'Élias Vinet qui eût
quelque valeur (1552). Pourtant bien des savants s'en occupaient. Antérieurement aux
éditions de Savaron et de Van Wouveren, qui parurent la même année (1598), je
trouve notamment une recension faite par un auteur inconnu sur le texte de Vinet, à
l'aide de plusieurs manuscrits. Les leçons sont inscrites en marge de l'exemplaire. Je
crois cette recension antérieure à Van Wouveren et Savaron, parce qu'elle n'est pas
faite avec le même soin et qu'il y a bien des lacunes que l'auteur n'aurait pas laissées,

tempus, immo fortassis locus consilium dabunt. Nam quid certi statuere possimus hoc turbine omnium rerum? Et fortassis plus ocii nobis olim dabitur, securius aliquando agentibus in Quietis Pacisque sacro portu. Ad quam jure dicamus cum Comico veteri :

O Diva, quam te post tot tempestates adspicio lubens !

Alterum velim a nobis adhuc Apuleii exspectes exemplar et litteras fortassis longiores. Nunc his (1). Vale et me ama; haec qualiacunque boni consule. Lugduno Batav. (2). Anni ∞ IↃLXXXVII.

L'édition d'Apulée de Colvius fit sensation. On savait qu'il était l'élève de Juste-Lipse et plusieurs philologues, Casaubon en tête soupçonnèrent, en voyant la jeunesse de l'auteur, que l'Apulée était plutôt l'œuvre du maître que du disciple (3). Sans doute Juste-Lipse avait aidé le jeune travailleur en lui procurant des manuscrits ou des leçons nouvelles. Mais cette collaboration n'enlevait rien aux mérites de Colvius (4). Casaubon offrit aussitôt de nouvelles conjectures à l'éditeur, s'il publiait une seconde édition (5). Hieronymus Groslotius qui avait fait de longues études sur le texte d'Apulée, craignait de publier ses remarques critiques en voyant celles de son collègue brugeois (6). La carrière de Colvius s'ouvrait sous les plus heureux auspices; Juste-Lipse l'encourageait, Janus Gulielmus publiait ses vers en tête des *Quaestiones Plautinae* (7). Cujas dont il avait suivi les cours à Bourges, conservait de lui un excellent souvenir,

s'il avait connu le texte de 1598. Cette curieuse édition n'a pas encore été étudiée; elle est à la Bibliothèque Sainte-Geneviève à Paris, CC 1395² in-8. Petrus Faber avait aussi collationné plusieurs manuscrits de Sidoine, entre autres le Madritensis (C). Les notes d'André Schott sont à la Bibliothèque de l'Arsenal. Enfin en 1614, Sirmond donna l'édition définitive.

(1) Le verbe *utere* doit être sous-entendu.

(2) Colvius étudie à Leyde sous la direction de Lipse.

(3) *Colvius si Apuleium suumne dicam an tuum cogitet iterum edere... Sylloge* de Burmann, I, nº 331. Casaubonus Lipsio.

(4) *Sed pleraque.... in Colvium nostrum jam transcripta.* En parlant d'Apulée, Lipse à François Nans. Burmann, I, 535. V. aussi la préface de l'édition de Colvius.

(5) ... *poterit* (Colvius), *si volet, centum credo, locorum divinationes a me sumere.* Id. I, 331.

(6) Lipse lui répondait : *scis tibi sagittas in corito quas nondum expromsit hic ephebus Phoebus.* Id., I, 340, Lipsius Groslotio.

(7) Lettre de Lipse à Colvius, *Syll. Burm.*, I, 210, 18 mai 1584.

quand tout à coup, mû par son esprit aventureux, le jeune
humaniste quitte son maître et se met, on ne sait pour quel
motif, à voyager en Allemagne. Nous le retrouvons à Francfort en 1591 en compagnie de Charles de l'Écluse, et il
paraît que sa conduite n'est pas à l'abri de tout reproche (1).
Son maître Juste-Lipse l'apprécie très sévèrement (2) : « Je
» connais ce jeune homme, dit-il, et je loue plus ses études
» que ses manières : il est bavard et calomniateur. »

Colvius, déçu dans son espoir d'obtenir une place qu'il
avait convoitée, s'attacha à un prince de la maison d'Anhalt
et se rendit avec lui au camp des Français. Il mourut en
1594, après l'accident que nous avons relaté plus haut.

** *

Le célèbre géographe Abraham Ortelius (3) faisait également partie du cercle littéraire dont nous produisons ici
les principaux membres. Il n'était pas uniquement géographe, il était aussi un humaniste et un dilettante très
distingué ; sa collection des médailles antiques était une des
plus riches de l'époque, son musée de marbres était admiré
par tous les visiteurs. Il a publié une description de deux
pièces rares de sa collection numismatique sous le titre de
Deorum Dearumque Capita ex vetustis numismatibus effi-
giata et edita ex musco Ortelii, 1573.

Il avait beaucoup étudié les auteurs anciens, spécialement
Tacite et César, dont il donna même une édition à Leyde
en 1593.

(1) ... *Sed non tam honeste ab suo hospite discessit, quam decebat, et nostrae*
nationi maculam inussit. Id., 1, 315. Carolus Clusius Lipsio, 20 sept. 1591.

(2) *Adolescentem novi a studiis magis quam a moribus mihi probatum. Lingua*
enim intemperans est, et semper in malignam partem. Id., 1, 316. Lipsius C. Clusio.

(3) Ortelius (14 avril 1527-4 juillet 1598). Cf. *Biographie nationale de Belgique,*
t. XVI, 1er fasc., p. 291-332, 1900 ; notice très bien faite par le lieutenant-général
WAUWERMANS. De même, v. *Bibliotheca Belgica* de F. VANDERHAEGEN. La bibliothèque
d'Ortelius se trouve en partie à Cambridge, en partie au musée Plantin à Anvers. Sa
correspondance a été publiée en 1887 par J. H. Hessels. Elle se trouve aussi à Cambridge. Depuis lors, une lettre intéressante d'André Schott à Ortelius a été publiée
avec commentaires par L. Maes dans le *Musée Belge*, IX, 3, p. 315-318.

Sa correspondance retrouvée et publiée en 1887 prouve qu'il était en relations avec les plus grands humanistes de cette période. Malgré le nombre considérable de lettres que renferme cette collection, nous avons pu retrouver cinq pièces encore inédites à la Bibliothèque royale de Munich. Elles sont adressées à Joachim Camerarius dans le cours des années 1574 à 1576.

Nous sommes au temps de la splendeur de l'humanisme. La science est cultivée avec une ardeur admirable.

L'enthousiasme de ces savants n'a d'égal que leur désir de tout savoir et leur colossale érudition. A la fois médecins, juristes, géographes, mathématiciens, historiens, littérateurs, artistes, ils embrassent dans leur vaste encyclopédie toute la culture de leur siècle. Un grand réseau de communications englobe à la fois les Pays-Bas, la France et l'Allemagne. C'est un va-et-vient de messagers, de courriers et de porteurs. On achète pour ses amis les livres qu'ils ne peuvent se procurer et on leur demande en retour le même service. Bref, toutes les relations attestent l'intensité du mouvement scientifique et jamais la fraternité ne régna entre les savants avec la même vérité et la même grandeur.

Voici ces lettres d'Ortelius à Camerarius (1).

S. P. Litterae tuae (2), eruditissime Camerari, mihi pergratae fuere, earumque petitioni quantum potui satisfeci; non enim pro voto nostro omnes potui mittere libros. Quos mitto hi sunt : Viatorius Alfonsi de Meneses, Itinerarium Jodoci a Gistele, Brabantica lingua, alia enim non est excusus (3), Epistolae Jesuitarum (4), quarum exemplaria ante annum omnia distracta sunt, hoc vix ab

---

(1) C'est le fils du célèbre Joachim Camerarius, ami de Mélanchton. On l'appelle parfois Joachim II ; il vécut de 1534 à 1598 et s'occupa de philosophie, de géographie et de médecine. Il a publié ses lettres, Francfort, 1577, 8°. Cf. aussi Hessels, *op. cit.* 70, 160, 169, 304.

(2) Munich, Col. Cam. 19, fol. 26.

(3) Je n'ai pu malheureusement retrouver tous les ouvrages rarissimes dont il est question dans cette lettre et les suivantes.

(4) *Litterae Indicae et Japanicae*, Lovanii, 1570. Récit des conversions opérées aux Indes et au Japon par les Pères de la Compagnie de Jésus.

amico extorquere potui, Joannes Macer de rebus Indicis (1),
Itinerarium Calveti Stellae (2), ultimum ipsius Nutii typographi
exemplar, Historia Batavica Geldenhaurii (3), Hodoeporicum
Favolii (4), Navigatio Maris Arctoi Wimanni (5). Constitere tribus florenis, undecim et medio stuveris nostratibus, quos Cornelius qui hos ad te perferet, tuo nomine solvit. Asiaticam Navarchi
epistolam quam exigis, inter Jesuitarum invenies, una cum iis
nempe impressa (6). Idem promisit ante duos annos Asiae des-
criptionis commentarium. Sylvestri Gyraldi Itinerarium Wallicum
typis non extat. Castagnedum (7) nusquam apud nostros bibliopo-
las invenire nequeo. Itinerarium Antonii Pigafettae et Odoardum
Barbosam seorsim excusos nemo hic novit, neque ego unquam me
vidisse memini, sed cum multis aliis ejusdem argumenti auctoribus
iis voluminibus tribus, quae Venetiis excusa sunt apud Juntas (en
marge : Italica lingua prostare fortasse nosti) Baptista Ramusius
eos in unum redegit, atque inscripsit Viaggi et Navigationi (8).
Atque haec de scedulae tuae libellulis. Si tua vicissim opera
Joannis Dubravii Historiam Bohemicam (9), et Petrum Mar-
tyrem de nuper repertis insulis habere potero (10), beneficii

(1) *Indicarum historiarum ex oculatis et fidelissimis testibus perceptarum libri III*,
Paris. 1555, in-8. Traduit la même année en français par l'auteur chez Guill. Gail-
lard, in-16

(2) *Juan Christoval Calvete de Estrella, El felicissimo viaje del Principe don
Phelipe...* Anvers, M. Nucio, 1552, pet. in-fol.

C'est bien de cet auteur qu'il est question, car dans son *Theatrum orbis terrae* (1570)
Ortelius nous parle de Joannes Calvetus Stella Hispanus, « scripsit sua lingua Itinerarium Philippi Hispaniarum Regis per omnes has regiones. »

(3) G. Geldenhauer, *Historia Batavica*, Antverpiae, 1520, in-4.

(4) Hugo Favolius, *Hodoeporici byzantini libri tres*. Lovanii, Sassenus, 1563,
petit in-8. Rare ; relation d'un voyage à Constantinople.

(5) Nicolaus Wimannus, *Navigationis Maris Arctoi, id est balthici, et sinus codani
descriptio*. Basileae, 1573, in-8.

(6) Navarchus, sive Jacques Schipman † 1576, *Epistola Asiatica,* publiée en effet
dans les lettres japonaises des Jésuites.

(7) Fern. Lopez de Castaneda, *Historia do descobrimento y conquista da India per
los Portugueses*, Coimbra, por J. da Barreyra, e Lisboa, 1552-64, 8 vol.

(8) *Navigationi et viaggi raccolti da Gio. Batt. Ramusio*. T. I, 1550, 1563, 1588 ;
t. II, 1559, 1583 ; t. III, 1556, 1565, et d'autres éditions encore. Venise, Giunti. Cette
collection renferme en effet les itinéraires de Pigafetta et de Barbosa.

(9) *Dubravii Joannis Historiae regni Boiemiae de rebus memoria dignis in illa
gestis ab initio Boiemorum... libri XXXIII ex fide tandem historicaque narratione
scripti...* Prostannae, 1552, fol., Basileae, 1575, fol.

(10) V. plus loin.

maximi loco ducam. Typos Urbium aeneos in meam potestatem
fuisse, intellexisse te scribis, et verum. Sed denuo ad suos auc-
tores Coloniam redierunt. Hadrianus Junius (1) diu ante urbis
Harlemensis deditionem apud Orangiae principem fuit, ubi eum
adhuc herere puto. Vale, vir optime atque doctissime, et me
tanquam tui studioso et amico utere. Antverpiae pridie Kal.
Septemb.

Tuus totus Abrah. Ortelius
Regiae M^{ts} Geographus.

Cette lettre, qui paraît du 1er septembre 1573, fut suivie
de la réponse de Camerarius. Il proteste de ses bonnes
dispositions à Ortelius et recherche avec soin les livres
demandés. Le géographe belge écrit de nouveau le 1er août
1574.

S. P. Litteras tuas (2), clarissime vir, ad Brancionem curavi.
Quod tam studiose investigas libros quos petieram, gratias habeo;
agam cum opportunitas dabitur. Bohemicam Dubravii historiam
nactus sum per quemdam amicum Vratislaviensem. De Petri
Martyris historia (3) modo non laboro, eam enim Coloniae Agrip-
pinae sub prelo esse intelligo; quod ejus in volumine, Novus Orbis
inscripto, habetur, hujus tantum fragmentum est et habeo (4).
Althamerum in Taciti Germaniam quoque reperi, sed Aō 1529
impressum (5), multo me autem locupletiorem vidisse memini,
postea excusum, ni fallor (6). Si eum alicubi forte offenderis,
gratum erit accepisse. Alii, si quos meo nomine quoque compa-
raveris, nolo tibi, humanissime vir, molestiam addant, eos etiam
volo ; bis enim eos quibus egeo habere malo, quam tibi (fortasse)

---

(1) Adrien de Jonghe, philologue hollandais, 1512-1575. A la prise de Harlem en
1573, sa bibliothèque fut pillée par les Espagnols.

(2) Munich, Col. Cam. 19, fol. 25.

(3) PETRUS MARTYR sive Pierre d'Anghieria. *De nuper sub D. Carolo repertis
insulis, simulque incolarum moribus R. Petri Martyris Enchiridion, Dominae Mar-
garitae, Divi Max. Caesaris filiae dicatum*, Basileae, Henr. Petri, 1521, in-4.

(4) *De orbe novo decades octo, Compluti, apud Mich. de Eguia*, 1530, fol. (1re éd.)
Parisiis, 1536 (2e éd.).

(5) ALTHAMERUS ANDR., *Brentius. Scholia in Corn. Tacitum Rom. hist. de situ,
moribus, populisque Germaniae, typis excud. Norimbergae Fdr. Peypus* imp..
Leon de Aich bibliopolae, 1529, in-4.

(6) *Commentaria Germanica in P. Corn. Taciti libellum de situ... Germanorum*,
Norimbergae, apud Joh. Petreium, 1536, in-4.

inutilibus onerare. Vale, vir ornatissime, et me te amare tibi
persuadeto. Antverpiae, Kal. Aug. cɪɔ.ɪɔ.ʟxxɪɪɪ.

                              Abrah. Ortelius, Reg. Geographus..

De studiis meis ut intelligas, Synonymiam Geographicam, om-
nino novam, ex omni genere auctorum molior (1).

Camerarius répond bientôt à cette lettre; il a cherché les
livres convoités par son ami et il envoie son courrier Cornelius Brakelmann à Anvers pour y prendre les ouvrages
qu'Ortelius lui a procurés. Le 1ᵉʳ septembre, Ortelius lui
rend compte de ses achats et de ses opérations.

S. P. Libros, ornatissime Camerari (2), quos petiisti, tradidi
Brakelmano Cornelii sodali. Suntque hi, Conventa nuptiarum divi-
narum, cum vita Christi sibi adjuncta ; quae constant 36 stuveris
Brabanticis, Dodonaeus de purgantibus herbis 10 stu.(3), Monardus
de simplicibus, 6 stu. (4), Arcaeus de vulneribus curandis 4¹/₂ st.
Haec summam faciunt 56 ¹/₂ stuverorum. 55 ¹/₂ accepi a dicto
Brakelmanno et 21 a te, scilicet 12 batziones (5), sive Historiam
Bohemicam quam nondum recepi (6). Grata est mihi tua dili-
gentia. Vide etiam quaeso de Althameri ultima editione, ut ante
has scripsi (7). His libris apposui Deorum Dearumque capita,
quibus nomen tuum ascripsi (8) ; haec manusculi (9) loco boni
consules et tuum Abrahamum inter tuos amicos numera. Si meas

(1) *Synonymia geographica sive populorum, regionum, urbium... appellationes
et nomina.* Anvers, Plantin, 1578. Ortelius a dressé dans ce précieux ouvrage un
catalogue de tous les lieux dont ont parlé les anciens auteurs, mis en regard des noms
modernes aux diverses époques. C'est un complément indispensable à son *Theatrum.*

(2) Col. Cam. fol. 27.

(3) Dodonaeus, *Purgantium, radicum, convolvulorum et deletariarum herbarum
historia,* 1574, in-8.

(4) Monardes Nicolas, *De simplicibus medicamentis ex occidentali India delatis,
quorum in medicina usus est, auct. D. Nic. Monardis Hispalensi medico, interpr.
Carolo Clusio Atrebate.* Antverp. ex off. Chr. Plantini, 1574, in-8.

(5) Monnaie en usage en Allemagne à cette époque. V. Du Cange. *Glossarium
infimae latinitatis,* 1, p. 626.

(6) Ortelius dit cependant dans la lettre précédente qu'il a reçu par un ami étranger,
l'histoire de Dubravius. Camerarius l'avait probablement acquise de son côté.

(7) V. la lettre précédente.

(8) C'est l'ouvrage dont nous avons parlé ci-dessus. Il fut plus tard inséré dans
Gronovius, *Thesaurus antiquit. Graec.,* t. VII.

(9) Manusculum, recueil de monnaies, manuel de numismatique, semble-t-il.

aliquid putassem apud te fuisse nugas, jam diu habuisses. Si vicissim de numismatum thesauro apud vos reperto (ut scribis) nonnihil communicaveris, gratissimum erit. Nullis enim divitiis magis (ut ingenue dicam) afficior. Dodonaeus (1), si nescias, Viennam petit, Biesii locum apud Imperatorem subiturus. Circa finem nundinarum Francofurtum cogitat, inde Nurembergam. Vale, vir ornatissime, et mea, si qua indigeas, opera, utitor. Antverpiae, Kal. Sept. 1574 (2).

Abrah. Ortelius, Reg. M^s geog. tuus.

Une autre lettre d'Ortelius à Camerarius existe à la date du 20 février 1575. Mais auparavant, Camerarius avait écrit deux fois. Il avait chargé Ortélius de remettre des missives à un sieur Bransion, à Jean Moerentorf ou à François Raulenghien, et à Pierre Coudenberg. Le 26 janvier 1575, il lui avait écrit personnellement.

S. P. Litteras tuas (3) 26 Jan. scriptas accepi, Camerari doctissime, ante has exaratas, una cum fasciculo ad Dū Bransionem; diu est quod ad manus pervenere meas et Bransionio sua reddita sunt. Idem rescripsit et remisit quaedam : quae non dubito, quin jam apud te sint. Duo numismata eis adjeceram. Dedi modo Bransioni, Plantini genero, et P. Coudenbergio tuas. Hic dicit se responsurum, sed per Francofurtenses (uti conjicio). Althamerum adhuc aveo habere, modo impressionis dies superat annum 29 supra sesquimillesimum, nam postea ab eo recognitum vidisse me memini. Et video Henricum Petri in suo opere Germanico (4) primum exemplar sequutum, quod habeo. Recentius ego velim. Synonymia geographica mea in dies augetur; ultimam manum imponere nondum possum. Vale, vir ornatissime, et me utere, gratum hoc enim erit. Antverpiae 10 Kal. Martias 1575.

Tuus Abrah. Ortelius, R. M. Geog.

Camerarius écrit encore le 26 novembre une lettre à laquelle répond Ortelius le 22 janvier 1576.

---

(1) Rembert Dodoens, le célèbre médecin. V. *Biogr. nationale*, t. VI, 85-112.
(2) Cod. Cam. 19, fol. 27.
(3) Id. fol. 28.
(4) Henri Petri, éditeur de Bâle ; serait-ce une traduction allemande d'Althamerus ?

S. P. Litteras tuas VI Kal. X^{bris} exaratas accepi, Camerari doctissime, easque quas meis injeceras, ad suos curavi. De Petro
Coudenbergio nihil promitto (1), ne vanus sim. Doleo eum tam
morosum, ut eum cognovi hactenus satis familiariter. Pollicetur
mihi singulis septimanis ad te scripturum, sed hactenus nullas
dedit ut ad te destinarem. Homo doctus est, et in re herbaria
exercitatissimus; sed quod tibi in aurem dicam, magis ferendum
quam utendum eum reperio. Si denuo illi scripseris, fortasse responsum extorquebis. Althamerum tuum ante aliquot menses
habui, pro quo maximas gratias habeo, utinam tibi mea opera
prodesse possim. Synonymiam meam fere ad calcem perduxi,
proxima, ni fallor, aestate praelo subituram spero. Scedulam
tuam Plantini genero dedi (2) et eum et Plantinum salutavi tuo
nomine, et resalutant. Lipsius Lovanii vivit. Hadrianum Junium
si mortuum nescias, obiit Metelloburgi, in Selandia, sed ante sex
menses. Vale, vir ornatissime, et me ama, et utere.

Antverpiae, 22 Jan. 1576.
Abrah. Ortelius, tuus ex asse (5).

Vers la fin du xvie siècle, et au commencement du xviie,
nous assistons dans nos provinces à une décadence profonde
de l'humanisme et des études antiques. Ce n'est pas ici le
moment d'en rappeler les causes; qu'il nous suffise de dire
que cette décadence consiste dans la confusion entre la
science et la littérature. Nos humanistes ne cherchent plus
à comprendre la civilisation antique, à corriger et à expliquer les auteurs, mais à faire du style et à écrire un latin
élégant. C'est le règne presque exclusif de la rhétorique. La
lettre, détournée de sa destination primitive, n'est plus
qu'un genre littéraire où l'hyperbole et l'antithèse masquent
autant que possible le vide des idées.

J. Woverius d'Anvers est un des représentants de la

---

(1) P. Coudenberg, pharmacien et amateur d'horticulture, né à Anvers en 1520,
mort vers 1594. Il avait à Anvers un jardin superbe où il avait réuni des plantes jusqu'alors inconnues dans nos contrées. Il a sa statue à Anvers. V. *Biogr. nation.*, t. IV,
417-419. En. Morren, *Pierre Coudenberg, sa vie, ses œuvres.* Gand, 1866.

(2) F. Raulenghien, semble-t-il.

(3) Cod. Cam. 19, fol. 29.

nouvelle école. Elève de Juste-Lipse, il avait écrit son éloge dans la langue emphatique du temps (1) et il mérita si bien sa confiance que Lipse le désigna avec N. Oudart et Gu. Warnier comme son exécuteur testamentaire.

A la mort de Juste-Lipse, Woverius demanda à tous ses amis et admirateurs une pièce de vers à la mémoire de l'illustre publiciste et il en forma un recueil qui parut en tête des *Opera omnia*. Voici la lettre pompeuse qui fut adressée à Joseph Scaliger (2) :

PERILLUSTRIS DOMINE,

O tui meique luctus acerbitatem ! quam postuma etiam ista pagina, scio, nimio augebit, hanc (5) Immortalis nunc vero *Lipsius* paucis ante obitum diebus cum illi adessem perscripserat. Sed, eheu, morbus et mors supervenit, et quam ideo mittere non potuit, ego sic signatam, et in musaeo repertam ecce offero.

Jam colligis quam paucis diebus a laboribus, scriptionibus que ad aeternam transierit quietem, sane constanter, placide, et sine ulla querela. Excessit autem XI Kal. April. (4) post mediam noctem, cum quatuor tantum diebus, primum ex tussi, post ex gravissima febri lectulo adhesisset. Me cum duobus aliis curatorem supremae voluntatis suae scripsit, bibliothecam vero, omnemque literariam suppellectilem fidei meae commisit, donec pronepos ex sorore heres, adolescat (5). O Perillustris Domine, magnum et virum et amicum praemisimus. Quo enim te tuaque omnia adfectu prosequebatur, ego ex interiore amicitia perspec-

---

(1) JOANNIS WOVERII, *Eucharisticum clarissimo et incomparabili viro Justo Lipsio scriptum*, Antverpiae, 1603, in-4, 32 p.

Jean Van den Wouvere, né à Anvers le 27 mai 1576, étudia à Louvain sous Juste-Lipse, voyagea en Italie ; échevin d'Anvers en 1614, 1617 et 1619, conseiller et commis des domaines et finances en 1620, diplomate mêlé aux négociations délicates pour la paix entre l'Espagne et les Provinces-Unies, mort le 23 septembre 1639. Cf. CH. RUELENS, *Correspondance de P. P. Rubens*, Bruxelles, 1888, p. 53-58.

(2) Cod. Cam. 19, fol. 248.

(3) Une lettre de Juste-Lipse à Scaliger que Van den Wouvere avait retrouvée dans ses papiers.

(4) 23 mars en réalité.

(5) Guillaume de Greef, neveu de Lipse, auquel le maître légua sa bibliothèque, n'était âgé que de 13 ans. Cf. *Vita Lipsi*, d'AUBERT LE MIRE.

tum plane habeo (1). Solatium hactenus nullum aut invenio, aut admitto. Sed, spero, praeclarissimarum virtutum memoria et aeternum duraturae gloriae decus mox moestitiam hanc totam component. Te etiam adspicio alterum seculi nostri solem, et per optimos maximosque *Manes* quaeso, obtestorque ut me quem *Lipsio* vivente amasti, jam diligas. Ego contra colam animo et amore. Si quid etiam tristis tua musa flebiliter super tanti viri occasum canet, eia, ad me veniat, ut vel ab illo remedio solatium ego et posteritas capiat (2). Idem a Doctissimis Baudio, Heynsio, Grotio petam, quibus solis ingeniis, tanti viri funus celebrari poterit (5). Salve, Maxime et *Ultime Scaligerorum* et tu saltem diu vale et vive. Antverpia ∞cvi, XV Kal. Mai.

Perillustri Dⁿⁱ tuae
Addictissimus cliens
JOANNES WOVERIUS.

Quelle différence entre la lettre simple et sans artifices, mais érudite et riche d'idées d'un Carrion et la composition oratoire, mais froide et nulle d'un Woverius. Désormais, la distinction est nettement tranchée; il n'y aura plus guère en Belgique que des humanistes rhéteurs, ou bien de véritables érudits aussi peu humanistes que possible ; malheureusement les savants sont en très petit nombre, tandis que les rhéteurs foisonnent.

Erycius Puteanus et P. Castellanus appartiennent à la fois aux deux écoles. Il y a chez eux beaucoup de rhétorique, mais leur talent les préserve de ses excès. D'une part, ils ont été parfois de spirituels écrivains, d'autre part, ils n'abandonnent pas tout à fait les traditions de leurs prédécesseurs et certains de leurs travaux d'érudition ont une réelle valeur. C'est pourquoi nous avons complété par de

____

(1) En fait, Lipse et Scaliger ne s'aimaient pas. Cf. J. BERNAYS, *J. Scaliger*, Berlin, 1856, dans les pièces justificatives. Voilà le grand défaut de ces lettres de rhéteurs.

(2) Scaliger ne daigne même pas répondre. En réalité, il était heureux d'être débarrassé de son rival. Quant à Woverius, il l'appelle dans ses *Scaligerana*, « nugator », ou « faiseur de bagatelles ».

(3) Pas un seul de ces érudits n'envoya un mot à Woverius. Le départ de Leyde et la conversion de Lipse était, on le comprend, pour beaucoup dans leur mécontentement non déguisé.

nouveaux documents la belle étude de Nève sur Castellanus, en essayant toujours de distinguer cette double tendance, érudition, littérature, qui le caractérise. Godefroid Wendelinus représente l'érudition seule, sans apprêts et sans le moindre souci de plaire.

*   *

Pierre Castellanus (Van den Casteele) de Grammont fut professeur de grec au collège des Trois-Langues à Louvain de l'an 1609 jusqu'à sa mort en 1632 (1).

Il ne nous appartient pas de retracer après F. Nève sa carrière intéressante : son éminent historien l'a fait avec la verve, l'érudition et le style qu'on lui connaît dans l'ouvrage indiqué ci-dessus (2). Il a analysé avec soin les publications (3) de ce savant, et il en a signalé l'importance. Son jugement sur Castellanus appelle pourtant des réserves. L'historien s'efface parfois devant le panégyriste sans que l'auteur s'en aperçoive.

Castellanus apparaît au déclin de la grande école philologique qu'avaient illustrée les Nanninck, les Valerius, les Juste-Lipse. Les traditions de critique, d'exégèse et d'histoire ancienne que ces savants avaient léguées à leurs successeurs, sont méprisées et abandonnées par ceux-ci, qui trouvent plus aisé de concentrer leur activité sur la rhétorique. On compose des discours et des oraisons funèbres, on forge des vers et des panégyriques, on aspire au titre d'écrivain, on veut rivaliser avec les anciens et devenir à son tour poète ou orateur.

---

(1) Castellanus avait résigné sa charge en faveur de Pierre Stockmans, le 17 janvier 1632, quand il vint à mourir le 23 février de la même année. V. Nève, *Mémoire*, etc., p. 214 seq.

(2) *La renaissance des lettres et l'essor de l'érudition ancienne en Belgique*, p. 343-370.

(3) *Ludus sive convivium saturnale*, Lovanii, 1616, in-8, satire très fine de la gastronomie; Petri Castellani *cortologion, sive de festis Graecorum syntagma*, Antverpiae, 1617, in-8; κρεωφαγία, *sive de esu carnium libri IV*, Antverpiae, 1626, in-8, traité sur l'usage des viandes; *Oraison funèbre de l'Archiduc Albert*, 1622, in-8; *Biographie des médecins célèbres de tous les temps*, Antverpiae, 1617, in-8.

Le porte-voix des humanistes du temps, c'est ce fameux Erycius Puteanus (1574-1646), poète, historien, publiciste, philosophe et rhéteur, surtout rhéteur. Une grande partie de sa vie, il a travaillé à ce mouvement funeste qui faisait table rase du passé et prétendait établir sur l'unique base de la rhétorique la science de l'antiquité tout entière.

Putcanus, qui avait apporté ces erreurs d'Italie, reconnut trop tard qu'il s'était trompé, et il essaya vainement de remonter le courant en se tournant vers les sciences exactes, surtout la chronologie.

Il y a en effet dans la première moitié du xvii° siècle une science qui attire encore l'attention de nos érudits ; c'est la chronologie. Sous l'influence de Scaliger, de Petau et des autres grands chronologistes français, sous l'impression des découvertes de Copernic et de Galilée, au milieu du retentissement provoqué par le procès du célèbre Italien (1), nos savants belges, Van Langren, Froidmont, Wendelin, Puteanus, etc. (2), s'appliquent à scruter les mystères de la chronologie et à élucider par leurs calculs les périodes obscures de l'histoire.

En résumé, au début du xvii° siècle, il est de bon ton dans le monde lettré de sacrifier à la forme et de faire montre de style élégant. C'est surtout dans les panégyriques et les oraisons funèbres que le talent de littérateur se donne libre carrière. C'est là qu'il cherchera les expressions les plus hyperboliques pour louer, car il n'est pas permis de blâmer. Malheur à l'audacieux qui ferait des critiques, tous les confrères de la république des lettres tomberaient sur lui.

A côté des littérateurs, il y a encore des érudits qui cultivent spécialement la chronologie.

Tels sont les courants qui dominent l'humanisme en Belgique à l'époque de Castellanus. Examinons brièvement ses

---

(1) Plus tard, par le procès de Martin Van de Velde à l'université de Louvain.
(2) Cf. G. MONCHAMP, *Galilée et la Belgique*, Bruxelles 1892.

œuvres et nous reconnaîtrons en lui l'homme de son temps
et de son milieu.

1° Tendance à la rhétorique. Le premier traité de
Castellanus *Ludus, sive convivium saturnale*, est un opus-
cule de littérature légère, dans lequel l'auteur « dit sacrifier
» à l'esprit de son siècle qui n'impose plus aux jeunes
» auteurs l'obligation de mûrir leurs productions (1) ». Sa
biographie des médecins célèbres de tous les temps est-elle
autre chose qu'une série de panégyriques fort à la mode ?
Il en est de même pour l'oraison funèbre de l'archiduc
Albert. Quoi qu'en dise F. Nève, elle n'est qu'un morceau
du « genus demonstrativum », bourré de lieux communs très
ennuyeux (2).

Néanmoins, Castellanus était doué d'une finesse remar-
quable qui lui faisait sentir comme par une sorte d'instinct
l'inanité et le ridicule de ces prétentions littéraires. Sa caus-
ticité d'esprit aidant, il arrive à peindre sur le vif les tra-
vers et les défauts de ses contemporains. Tel il se révèle
dans les lettres qu'il écrivit à son prédécesseur Gérard de
Coursèle (3). Ainsi il se moque très agréablement d'un des
nombreux orateurs qui firent l'éloge funèbre de l'archiduc
Albert (4). Il raille avec beaucoup de verve l'abbé de Sainte-
Gertrude qui avait fait un panégyrique grotesque de saint
Thomas dans l'église des Dominicains, le 6 mars 1627 (5).

(1) P. 351.

(2) « L'exorde du discours roule sur cette pensée que la fin prématurée de l'archiduc
Albert est plus accablante pour les hommes qui lui survivent qu'elle n'est triste pour
lui »... Antithèse et *locus communis* ! Castellanus « a célébré tour à tour les hautes
qualités qui distinguèrent l'Archiduc Albert pendant sa vie et encore à l'approche de la
mort, » simple panégyrique !

(3) Paris, *Biblioth. nation.*, f. lat. MS. n° 8599. — Gérard de Coursèle, professeur
au collège Busleiden de 1590 à 1596. Plus tard, il obtint la chaire d'Instituts et en
1606 la chaire de droit civil en remplacement de Zuerius. En 1616, il devint conseiller
et maître des requêtes à Malines. Les archiducs le nommèrent membre du conseil privé
en 1630. V. *Biogr. nat.*, IV, 1873, p. 421-424.

(4) Fol. 382.

(5) Id. Il se moque aussi du médecin Trevisius qui avait publié une lettre pompeuse :
*Ipsam epistolam mire laudat Puteanus credo magis propter authorem, nam mihi
valde coacta, et nescio quibus idiotismis ad latinitatem contortis scatere videtur*
(fol. 445).

11 excellait dans le style léger et badin. 11 suffit, pour s'en convaincre, de lire le portrait du faux savant ou du faux hélléniste dans la traduction qu'en a donnée F. Nève. Cette habileté d'humoriste, si l'on peut ainsi dire, se retrouve dans la manière dont Castellanus tourne en ridicule la vanité de son collègue Erycius Puteanus dont nous parlions plus haut. En 1630, Puteanus publia un petit ouvrage *Genealogia Puteanaea* destiné à glorifier la famille gueldroise des Bamelrode dont il était issu.

« Sub praelo nunc est alius liber D. Puteani, editio spe-
» ciosa, in folio, quinque aut sex quaternionum. Titulus,
» stemma Puteanicum, quod longe repetit, longeque revol-
» vit, ut ab illustri familiâ gentem deducat. Ejus splendorem
» re ipsa nunc testari incipit ». Ce qui amuse surtout Castel-
lanus, c'est de voir son docte confrère paraître en public avec le collier d'or qui lui avait été remis par l'Infante Isa-
belle en récompense de ses services. Ce n'est pas un collier, dit Castellanus, c'est une chaîne sous le poids de laquelle il est accablé. « ... vix unquam in publicum prodit nisi aurea
» catena onustus. Tantae enim magnitudinis est, ut oneri
» potius sit quam ornamento. Cogita quam bene togatum
» hominem deceat (1) ». Piqué de ce que Puteanus n'a pas daigné lui offrir un exemplaire de sa « genealogia », il l'accuse même avec assez d'aigreur d'être un personnage très suffisant : « Tandem nactus sum exemplar Genealogiae
» Puteaneae ab amico commodatum. Nam author ipse non
» nisi Mirionibus suis copiam facit. Nescio quam ob causam
» mihi non dederit, cum tamen promiserit. Vix ullum ejus
» scriptum exstat, in quo non φίλαυτόν τι observes. Verum
» hic πορφύραν τύφου deprehendes (2) ».

Si, comme l'a remarqué Nève, les rapports de Castellanus avec son collègue étaient depuis longtemps assez froids, il

---

(1) Ce passage et le précédent font partie d'une lettre du 8 mai 1630. Ms. 8599, fol. 387.

(2) Fol. 400, 26 juin 1630. La fatuité de Puteanus était, il faut l'avouer, insupportable à beaucoup de ses amis.

n'en est pas moins vrai que les paroles de Castellanus trahissent une jalousie quelque peu exagérée. Au fond, ce ne sont pas tant les ridicules de Puteanus que son incontestable supériorité qui excitent le ressentiment mal déguisé de son confrère.

Comme la plupart de ses contemporains, Castellanus s'est occupé de chronologie. Son traité des fêtes religieuses de la Grèce, était suivi d'une dissertation sur les mois attiques et sur leur calcul chez les Grecs et spécialement les Athéniens (1). « Ces deux morceaux, dit F. Nève, servent de » complément au traité principal où ᴊa description des fêtes » amène continuellement des détails relatifs à la division du » temps. » Selon toute probabilité, Castellanus avait tenté des études de chronologie biblique, ainsi que le prouve la lettre suivante adressée à G. de Coursèle, qui, lui-même, quoique juriste et homme politique, occupait encore ses loisirs à de semblables études.

Amplissime Domine S. P.

Gratias immortales ago, pro tam propenso in me animo, cui utinam aliquo merito respondere possem. In loco isto Hoii (2) recte A. T. observavit totos annos viginti quinque deesse a septuaginta quibus captivitatem Babylonicam durasse Scriptura testatur (3).

Nec ullum excusandi erroris effugium video. Quin immo in ipsa temporum ratione mirum in modum ab aliis dissidet.

Sed quisquis hanc rem studiosius examinaverit, facilius in horologiis, quam in chronologiis consensum reperiet. Ita omnes

(1) P. 247-303.

(2) André Hoius (Van Hoye), poète latin et historien belge, 1551-1631. Il était depuis 1593 professeur à l'université de Douai, v. *Biograph. nation.*, t. IX, 1887, p. 570-74. Il avait composé notamment une *Historia universa sacra et profana, illa quidem ex sacris, quae vocant bibliis eorumque interpretibus ...... auctore D. Andrea Hoio Brugensi, Regio in Academia Duacena eloquentiae et historiarum professore,* Duaci, ex off. typogr. B. Belleri, 1629, f°, 2 vol.

(3) En effet, Hoius compte les 70 ans à partir de l'an du monde 3375 et il donne 3420 comme la date du décret par lequel Cyrus autorisait les Juifs à rentrer dans leur patrie, ce qui fait seulement 45 années de captivité. V. Hoius, *op. cit.*, t. 1, p. 232 cf 284.

inter se dissentiunt, et velut Andabates clausis oculis congre-
diuntur. Nam cum quatuor sint captivitates, alius ab alia, hanc
septuaginta annorum epochem auspicatur (1). Verum observo
nullam istarum captivitatum incidere in annum mundi 5375,
quem Hoius noster adnotavit.

Etenim prima fuit, cum Rex Manasses abduceretur, quod contigit, ut vult Torniellus contra Bellarminum, anno regni sui 15, id
est orbis conditi 5352 (2). At Salianus Bellarmini sententiae
addictus (3), Manassis captivitatem accidisse contendit anno
mundi 5344, id est, Imperii ejus circiter septimo. Ab his dissidet
Petavius, qui hanc captivitatem ait accidisse anno orbis conditi
5294 (4).

In secunda captivitate Rex Joakim fuit abductus : ab hoc cap-

(1) En général pourtant, les anciens chronologistes comptaient la grande captivité
à partir de la dernière expédition de Nebuchadnezzar contre Jérusalem. Ainsi
comptent Torniellus , Salian, Scaliger. V. plus bas. Hoius prend pour point de départ
l'année 3375, où eut lieu la soumission de Joakim surnommé Eliakim, fils de Josias,
au roi de Babylone.

Ces auteurs ne s'accordent pas non plus sur le nombre des invasions assyriennes.
S'ils reconnaissent généralement les quatre grandes captivités dont parle Castellanus,
ils passent sous silence ou signalent très rapidement les déportations particlles.
D'après les modernes, il y eut trois invasions :

1° Sous Tiglath-Pileser III, qui imposa aux Juifs un tribut en 771 (alii 738),
emmena les tribus transjordaniques et les habitants de la Galilée en 740 (alii 734).

2° Sargon emmena Israel en Assyrie en 722.

3° Nebuchadnezzar, dans la première moitié de son règne (606-562), détruisit Jérusalem. Il y eut plusieurs déportations, dont la plus importante eut lieu en 597 sous
Jehoiachin.

Une insurrection eut lieu en 593 contre Nebuchadnezzar. Jérusalem fut assiégée en
587 et elle succomba après diverses péripéties sous le roi Hezekiah (II, Chron. XXXII,
5 et Rois, II, XXII, 14). (*The Jewish Encyclopaedia,* Londres, 1902, t. III, p. 563-68 ;
Dictionnaire de la Bible, Londres, 1893, t. 1, p. 534-36).

(2) *Annales sacri et ex profanis praecipui ab orbe condito ad eundem Christi pas-
sione redemptum...* Nous avons consulté la réédition de Aug. M. Negri, Lucae, 1757,
t. III, p. 213.

(3) Bellarmin est assez connu. Il a traité ces questions dans *de Verbo Dei,* lib. 1,
cap. 12.

Salian (Jacques), chronologiste français (1558-1640), publia de 1619 à 1624, *Annales
ecclesiastici veteris Testamenti in quibus res gestae ab orbe condito ad Christi
Domini nativitatem et mortem per annos fere singulos digeruntur et explicantur...*
Auctore JACOBO SALIANO AVENIONENSI, Soc. Jes. presbytero, Lutetiae Paris., 1641, f°,
t. IV, p. 307 (2° édit.).

Voici son calcul : annus mundi 3344, quinquae aetatis 405, templi fundati 322,
Manassis regis Judae 7... Olympiadis XVII, 2... ante Ch. 709.

(4) Daniel Petau, célèbre chronologiste, publia en 1629 son *De doctrina temporum.*
Cf. t. II, p. 548.

tivitatis Babylonicae initium Hoius desumit, et convenit cum Scaligero in eo. quod eam accidisse dicat sub finem anni tertii aut initio quarti ejus imperii, qui primus est Nabuchodonosoris. At primus annus Nabuchodonosoris juxta computationem Saliani non incidit in annum mundi 5375, ut censet Hoius, sed in annum 5429; sic ut Nabuchodonosoris primus sit etiam primus Joakim, et per consequens non primo Nabuchodonosoris, sed tertio, aut in principio quarti haec captivitas contigerit. Petavius autem hanc captivitatem reducit ad annum mundi 5381, a quo parum discrepat Hoyus (1). At Torniellus (2) captum Joakim tradit, anno orbis conditi 5429, quo etiam tempore Hieremias prophetavit Judaeorum captivitatem annos 70 duraturam; et cum annum statuit esse undecimum Imperii Joakim.

In tertia captivitate abductus fuit Joachin, qui alio nomine Jechonias dicitur. Haec accidit anno octavo ipsius Nabuchodonosoris, id est anno mundi 5456 (5).

Quarta et ultima captivitas est in qua fuit abductus Sedekias, et Desolatio templi facta est; quod contigit anno undecimo ipsius Sedekiae, Nabuchodonosoris autem 18 aut 19, id est orbis conditi 5446, ut vult Torniellus, vel 5447, ut Salianus computat, ut Petavius, 5595.

Ecce quantum tenebrarum, quas adhuc auget chronicum Alexandrinum, quod tertiam captivitatem ait accidisse anno mundi 4895, in quo collocat annum quartum Olympiadis xxxix, quem alii statuunt sub anno mundi 5451. Et sic more suo pergit, ut ubique mille, quadringentis et quinquaginta circiter annis mundum seniorem faciat (4).

(1) Calculs des principaux savants pour la seconde captivité. D'après Torniellus, Joakim commença à régner en 3418 et fut pris en 3429; d'après Hoius, le début de son règne se place en 3372 et il fut pris la 3e année, soit 3375 (1re captivité pour Hoius); d'après Salian, Joakim régna à partir de 3426 et fut emmené en 3428 ou 29 (624 av. J. C.). Petau place en 3377 la 1re année du règne de Nebuchadnezzar et en 3381 la captivité de Joakim Eliakim. Les calculs de Scaliger (*de emendatione temporum*) sont tout aussi différents, quoiqu'il admette contre Petau et Salian que Joakim fut pris la 1re année du règne de Nebuchadnezzar.

(2) Tornielli Agostino, 1543-1622. La première édition de son ouvrage est de Milan. 1610, 2 vol. fo, la 2de, Anvers, 1620, 2 vol. fo.

(3) Castellanus suit les calculs de Salian. L'année 3436 orb. cond., 617 av. J. C.

(4) Calculs pour la captivité de Zedekiah :

    Torniellus   3446 soit 607 ant. Chris'.
    Salianus   3446 »   607 »   »
    Petau   3395 »   589 »   »
    Chron. Alex. 4895 » 2158 »   »   chiffre évidemment faux.

Hoius a secunda captivitate septuaginta annos auspicatur, sed praeterquam quod viginti quinque anni desunt, vides quam non conveniat in ratione annorum mundi (1).

Praeterea communior est sententia, septuaginta Babylonicae captivitatis annos, ab ultima clade Hierosolimitana, urbis templique conflagratione inchoandos esse; quod contigit exacto undecimo Regni Sedekiae anno, id est orbis conditi 5446. Ita Torniellus, tomo II, pag. 257; Salianus, tomo IIII, pag. 329 (2).

De fine non minor est controversia. Hoius captivitatis solutionem statuit in primo anno regis Cyri, in quo convenit cum Torniello. Sed ille annum primum Cyri numerat mundi 5420; hic autem 5517; in quo si retro numeres ad annum orbis conditi 5446, quo captus fuit Sedekias et templum desolatum, septuagesimum captivitatis invenies. At Scaliger libro VI de emendatione temporis pag. 540, disserit adversus eos qui solutam captivitatem aiunt anno primo Cyri, et Cyrum nonnisi ultimis imperii sui temporibus Judaicam captivitatem solvisse contendit (5), cum profligatis bellis, alta pace frueretur. Atque id colligit ex edicti praefatione. Haec edicit Cyrus, Rex Persarum : Deus, dominus Coeli dedit mihi regna terrae. Hoc, inquit, non potuit Cyrus dicere nonnisi ultimis temporibus imperii sui. At Salianus duplex regnandi initium Cyro tribuit : alterum in Perside, quod incidit in annum mundi 5494, alterum in Babylone, quando ea capta, imperium Babyloniorum transiit in jura Persarum, quod incidit in annum mundi 5517, quem etiam cum Tornellio solutae captivitatis primum statuit. Atque ita cum Tornellio convenit de fine captivitatis. Praeterea sub eadem distinctione solvi potest controversia Scaligeri, qui ultimis imperii Cyri annis solutam captivitatem asserit. Nam postea sex dumtaxat annos Cyrus regnavit,

(1) Il est d'accord avec Petau.

(2) Tableau des différents computs sur la captivité (comm. et fin)

Salianus	Torniellus	Petau	Hoius
3446	3446	3377	3375
70	70	70	45
3517 (1re ann. du r. de Cyrus)	3517	3446	3420 ou 21.

(3) L'opinion de Scaliger peut se concilier avec celle des autres savants, car Salian attribue à deux années différentes le début du règne de Cyrus : 1º l'année 3494 époque où Cyrus devint roi des Perses; 2º l'année 3517 où il soumit Babylone. Or, il mourut en 3523. Il s'ensuit que l'année 3517 est à la fois la première année de son règne et une des dernières. C'est ce que Castellanus remarque par après, mais il faut avouer que cette distinction est très subtile.

obiit enim anno secundo Olympiadis LXII, quod incidit in annum
mundi 3525 (1).

Caeterum haec omnia adeo sunt confusa, ut adhuc Daelio
natatore opus habeant, qui ad amussim expediat; quare liberum
fortassis fuit Hoio captivitatis initium statuere hoc vel isto anno;
sed non video quomodo possit excusari, quod captivitatem annis
viginti quinque breviorem faciat, cum S. Scriptura nullum
dubitationi locum relinquat (2). Vale. Lovanii, ad D. XVII
octobr. cɪɔɪɔcxxɪx.

Amplitudini tuae devotissimus.
Pɪ:trus Castellanus (5).

Cette lettre nous révèle en Castellanus un travailleur, un
homme soucieux de l'exactitude et de la profondeur dans les
recherches scientifiques, un critique aussi sérieux que clair-
voyant; bref, il a les qualités qui font le vrai savant. Malgré
cela, il n'aurait pas été, comme le croit F. Nève, le restaurateur des bonnes études et des bonnes traditions, si la mort
ne l'avait enlevé à la fleur de l'âge. A côté de savants
ouvrages, il y a chez Castellanus trop de productions dans
le goût du temps; l'influence de la rhétorique l'a saisi
comme son vaillant ami Erycius Puteanus et il lui était
impossible de s'en dégager. En outre, le malheur des temps,
la pénurie du trésor (4), le mauvais vouloir des fonctionnaires

---

(1) Cyrus mourut en effet dans la 62e Olympiade, mais la 2de année d'après les
calculs de Petau (3452-3455 ann. mundi), *De doctr. temp.*, II, 560.

(2) Les modernes donnent en définitive raison à Hoius. D'après eux, la période de
captivité a pour point de départ le règne de Nebuchadnezzar (606 av. J.-C.) et se
termine au décret de Cyrus en 536, ou, d'après les anciens, depuis la captivité de
Joakim Eliakim (1re ann. de Nebuchad.) jusqu'à Cyrus. Hoius avec Petau a adopté cette
manière de compter; les autres chronologistes commencent tous leur calcul à la
11e année de Zedekiah. Seulement, le reproche de Castellanus reste vrai. La période
de 70 ans est réduite à 45 et il termine déjà en 633 la captivité, alors qu'elle n'était
pas commencée.

(3) Paris, *Bibl. nation.*, ms. lat. 8599, fol. 363 seq.

(4) Dans les lettres inédites que nous venons d'analyser, Castellanus se plaint que
ses honoraires ne lui sont pas payés ou qu'ils sont en retard : « Sed conatum retardat
atque animum prope dejicit iniquitas temporum, quae tanta est, ut pro omnibus laboribus hanc mihi poenam indici videam, vivere de proprio. Nam cum stipendia non
solvuntur, quid aliud restat, quam ut quod cochleae solent cum ros deficit, meo succo
victitem? At quis lubens operam Reipubl. collocet, ut rem familiarem atterat? Tamen

entravaient les efforts et le dévouement des professeurs de l'institution Busleiden. Pourtant, honneur à ceux qui luttèrent jusqu'au bout sans jamais désespérer. Castellanus et Puteanus furent de ce nombre ; aussi méritent-ils d'être appelés celui-là le dernier des Grecs, celui-ci le dernier des Romains. Après eux, c'est la nuit et le tombeau pour les lettres antiques.

*
* *

Il y a encore un nom qui mérite d'être associé à ceux dont nous venons de rappeler le souvenir. C'est celui de Godefroid Wendelin. Ce fut un de ces modestes savants dont la vie entière est un hommage perpétuel à la science. Il se consacra à l'étude de l'astronomie, des mathématiques et de la chronologie. Simple curé de campagne — il gouverna longtemps la paroisse de Herck la-Ville en Limbourg — il aurait pu aspirer aux honneurs. Erycius Puteanus avait même fait des démarches pour lui obtenir la chaire de grec au collége des Trois-Langues, que Castellanus venait de résigner. Mais toujours sans ambition, Wendelinus refusa, en alléguant son incapacité, en protestant de son ignorance. Voilà cependant l'homme qui méritait l'estime des illustrations scientifiques du siècle. Dans ses excursions au midi de la France et jusque dans les Pyrénées, Wendelin (1) avait connu Gassendi qui, frappé de ses connaissances, ne cessa de correspondre avec lui après son retour en Belgique. Il était en relations continuelles avec Denis Petau, qui l'appelle

jam sesquiannus est ex quo nihil a collegio trilingui, a septem mensibus nihil ab ordinibus recipio. Si sic res abeant, naturam mihi optem chamaeleontis, quem aere, ac vento victitare tradunt. Quaestor ordinum moras nectit, ubi vult ! » (14 févr. 1628), fol. 416.

Le 17 février 1630, il écrit « qu'il n'a pas reçu une obole pendant deux années entières ! (fol. 432). Quelle lamentable situation et comment les lettres auraient-elles pu prospérer au milieu de tant de ruines !

(1) Sur God. Wendelin, cf. LE PAIGE, *Un astronome belge au XVII° siècle, Godefroid Wendelin (Bull. de l'Ac. Roy. des sciences, lettres, beaux-arts de Belg.* 3mo série, t. XX, Bruxelles, 1880, pp. 709-727; *Bulletin de l'Institut archéologique liégeois,* t. XXI, Liège, 1888, pp. 506-23.

un des plus savants astronomes de son temps. Pierre Crüger, mathématicien de Dantzig, ne tarit pas d'éloges sur son compte. Petau et Libert Froidmont lui avaient vanté l'érudition de leur modeste confrère : « Je n'ai rien vu de ses » écrits, dit-il dans une lettre de 1633, sinon son *Obliquitas* » *Zodiaci*. Je désirerais voir son *Diluvium*, si c'est possible » (1). Plus tard, Crüger écrit de nouveau : « Cet » homme si versé dans l'astronomie, Godefroid Wendelin » (son ouvrage « Loxia » me le prouve) annonce la publi- » cation de *Tabulae lunares Isabellinae*. » Crüger supplie Petau de lui en faire parvenir un exemplaire, aussitôt après son apparition et d'envoyer à Dantzig les autres ouvrages de Wendelinus (2). Ces témoignages suffiraient à prouver la réputation dont jouissait Wendelinus, si nous n'avions des lettres inédites qui nous révèlent en lui un des plus grands chronologistes de l'époque.

On sait que le marbre dit de Paros est une table chronologique de la plus haute importance. La première partie fut découverte à Paros au commencement du xvii° siècle. Le célèbre Peiresc ordonna à un de ses agents de l'acheter pour enrichir sa collection archéologique. Mais celui-ci, pris par les pirates Turcs, fut jeté en prison et son précieux marbre vint, on ne sait comment, en la possession de Sir Thomas Howard, comte d'Arundel, qui en orna ses jardins. En 1629, le savant anglais Selden en copiait le texte et le publiait pour la première fois avec un essai de reconstitution des parties effacées.

Depuis Selden, la chronique de Paros ou *Marmor Parium*, comme on l'appelle, a été l'objet de nombreux travaux et de grandes recherches. Prideaux et Chandler la publièrent de nouveau au xviii° siècle sans améliorer le texte de Selden (3).

(1) Lettres inédites de P. Crüger à D. Petau. Paris, *Bibl. nationale,* nouveau f. latin 1554, fol. 50-51.
(2) Id. fol. 52.
(3) V. Jacoby, dans *Rheinisches Museum,* 50, 1904, *Ueber Chronicon Parium.*

La meilleure édition en fut donnée par le grand philologue Boeckh dans son *Corpus inscriptionum graecarum*. Les travaux postérieurs de Dopp et de Flach (1) n'élucidèrent pas mieux les questions soulevées par la fameuse chronique. En 1897, une seconde partie fut retrouvée dans l'île de Paros et l'édition qu'on peut enfin regarder comme définitive a été donnée par M. Hiller von Gaertringen en 1903 dans le *Corpus Inscript. Graec.* publié par l'Académie de Berlin (2).

Wendelinus avait reçu avec enthousiasme le précieux texte publié par Selden grâce à son ami Erycius Puteanus qui s'était empressé de le lui communiquer. Wendelinus essaya aussitôt de reconstituer par la divination les parties disparues et le 13 novembre 1629, il soumettait déjà à Puteanus le résultat de ses premières recherches.

Quoiqu'une partie de la lettre ne se rapporte pas à notre sujet, nous la publions en entier, parce qu'elle contient des renseignements d'un certain intérêt et surtout qu'elle nous prouve combien Wendelinus se souciait peu du style. Au contraire, il écrit un latin barbare qui devait offusquer singulièrement son ami, le littérateur Puteanus.

AMPLISSIME VIR, AMICITIAE ANIME (3).

Quod tantum jam temporis nullas ad te dedi, vix etiam tandem ecce istas destino, miraberis sat scio, vel (pro tuo in me jure) indignaberis quoque, nisi bilem jam omnem despuisti. Verum ubi rerum status quis hic fuerit, quis interibi fuerim ego pensitabis, silentium tam altum imputabis officio; et ultronea excusatione vacasse me culpa, quam deprecari maluisse pronunciabis. Ecce enim ut post missam ad me tuam Flaviam repentini motus hostiumque in nos irruptio et feralis illa obsidio (4) Remp. conster-

---

(1) Dopp, *Quaestiones de Marmore Pario*, Rostock, 1883; Flach, *Chronicon Parium*, Tübingen, 1884.

(2) Le savant anglais Munro prépare cependant encore une nouvelle édition.

(3) Bruxelles, *Bibl Roy.*, MS. 19112, s. pag., correspondance de Wendelinus avec Puteanus.

(4) Le siège de Bois-le-Duc.

natione, nos miseriis, me desperatione implevit. Primum quidem dum per sesquimestrem metationem militarium copiarum, proterve admodum calamitatibus publicis insultatur : rursum dum per ludum ac jocum crudeliter saevitur, postremo dum caedes etiam atque incendia intentantur. Inter quae dum rapinas quotidianas a nostro milite non aliter quam ab hoste non toleramus, minimo minus ego in periculum veni, et pileus meus glande perstrictus quam prope ab exitio abfuerim loquitur (1). Insuper autem ne absque auctario privatim ego praeterirer ruina tabulati ferme datus in praeceps et (utcumque perniciem evitavi) laesa tibia graviter afflictus aegram animam traxi, dum inter haec extremum malorum pestis nos invasit. Ea primum per Augustum mensem leviter hic nonnullos depasta, mox sub initium Septembris Capellanum meum igne atrocissimo atque intra manus meas interque sacra obsequia extinguit, cum pridie adhuc Liturgiam celebrasset. Ab illo momento et me invadit, sed hactenus, ut citatis vaporibus exsudare licuerit funestum virus : ac ne insidiosae reliquiae porrho everterent incautum, consiliginem, salutarem illam apud Rusticae rei scriptores adversum talia plantam mihi infigo, quem in locum mox venenum omne incubuit, atque in Anthracem confluxit, qui ante hos octo dies vix tandem coaluit. Quid tu, *mi Puteane*, quid inter haec credis animi fuisse vel ad scribendum, vel adeo ad cogitandum de literis deque scriptione ? Enimvero sicut mihi gratulor quod vir eruditissimus Petrus Gassendus ex ipsâ usque Massiliensi provincia profectus huc (2), tamen ad me in illo articulo aerumnarum non venit ; ita postquam missis ad me Arundellianis marmoribus (3) excitasti torpentem, vix tandem vires (adflictas sane propter illa) paullatim recupero ; et tamquam salvus sim libros attrectare incipio, et scribo ad *Puteanum* literas quales ego scriberem scilicet, hoc est solâ veniâ placituras : sed quam mihi de his capitibus polliceor.

(1) Qu'on se rappelle que les Pays-Bas sont en pleine guerre avec l'Espagne et que Herck-la-Ville eut sans doute à souffrir des déprédations des soldats espagnols et hollandais.

(2) Gassendi, le restaurateur de la philosophie d'Épicure. Il vint en Hollande vers 1627 et passa par Louvain, où il vit Erycius Putcanus, qui avait eu autrefois l'intention de réhabiliter l'épicuréisme à Louvain.

(3) Les marbres du comte d'Arundel, parmi lesquels se trouvait la Chronique de Paros.

Primum esto Flavia tua (1), quam iterum iterumque, ac cum cura perlegi, censor acris, et (quia hoc volebas) etiam tristis ac severus.

Sed nihil in ea non accuratum, non limatum, non ἀποδεικτικόν : de ingenio deque stilo tam agnoscebam *Puteani* esse, etsi nullus moneret, quam amicorum filios amici de lineamentis paternis solent.

Ad Gassendum et amicos nostros in Provincia illa responsionem paro, sed quam tibi communicatam denique transmittam, quod ideo dico quoniam, cum et illis Mathematice sim scripturus, amici quidem efflagitant pene convicio ut epistolas id genus quales sunt Petavii ad me, tum ad Petavium meae quaeque erunt ad Gassendum publici juris faciam (2). Quo magis te obtestor, ut Chronologicarum commercium inter nos frequentetur, nec soli Deckerius ac Kepplerus in ea provincia Dictaturam Magisteriumque occupent : ergo etiam hinc exordior.

Marmora Arundelliana, Thesaurum immensi precii eruderatum utcumque a Seldeno et ad me destinatum, laetatus sum supra quam dici potest, nec tam ipso munere, quam abs te id missum esse, id vero serio triumphavi. Ita, mi Puteane, me beasti.

Commodum in tempore venit quo mihi ejus usus erat in *Diluvio* (3) meo. Ergo ne parum gratus sim, quam in illo gemmam inveni, eam tu quoque ac primus habeto Censorini tui annulo (4) inoculandam. Certum est a Cecrope ad primum olympiadem censeri annos 782; Eusebius 780 daret, quoniam dinumeratis annis a Cecrope ad Menestheum colliguntur 552 pleni atque integri ; hujus vigesimo ac secundo desinente Troja capta est, anno a Cecropis initiis 574 exeunte. Adde, ad Olympiadum initium 408 assertos Halicarnasseo et signatos charactere ἀποδεικτικῷ. Captae Trojae die 25 θαργηλιῶνος cum XVII diebus ante solstitium,

Νυκτὸς ἔην μεσάτα λάμπρα δ'ἐπέστελλε σελάνα.
Noctis erat medium et prodibat splendida Luna.

(1) *De Flavia Domitilla dissertatio*, Lovanii, 1629, in-4°.

(2) Petau tenait Wendelinus en grande estime ; il le cite notamment dans *Variarum dissertationum lib. II*, p. 77, et l'appelle *vir astronomiae cumprimis peritus*. Il aurait voulu publier les lettres de Wendelinus, mais il s'effrayait devant ce grossier jargon dont on a un spécimen sous les yeux. Wendelinus voulait faire corriger et polir son style par Puteanus.

(3) Un ouvrage de Wendelinus qui n'existe pas, dit Foppens, *Bibl. Belg.*, 1, p. 376.

(4) Commentaire de Puteanus sur Censorinus, *de die Natali*, inédit. Le texte seul existe, Louvain, 1628, in-8°.

258   TH. SIMAR.

Habes profecto 782 annos a Cecrope ad primam Olympiadem.
At enim juxta marmor istud sunt 806 hoc est 24 toti plures
quam Chronologi, 26 quam Eusebius putat (1). Sed et ad eum
modum Trojae quoque excidium quanquam collatum in annum
xxii (desinentem) Menesthei totidem istis 24 annis retrosius peti-
tur, et denique (ne singula percenseam) Syracusarum conditus
ad quem velut ad Hermam provocari poterat, luxatur annis 24
ipsis, signatus anno xxi Aeschyli, quod est Eusebio primo Clidici
notatum (2).

Unde haec ad id tempus tam constans 24 annorum luxatio?
Dicam quod videor utrumque intelligere, quod intellectum (scio)
gaudebis. Persuasit sibi quisquis ille auctor Marmoris ante
Archontas annuos institutos (5) Anni Attici rationem fuisse
Herodotacam, ut nimirum dies habuerit 560 ipsissimos alternis-
que annis intercalatus fuerit mensis dierum 30 : qua ratione

(1) Voici les calculs : d'après le canon usité :

a Cecrope ad Menestheum	352	anni
a Menestheo ad 1. Olymp.	408	»
Menestheus	22	»
a Cecrope ad 1 Olymp.	782,	d'après Eusèbe 780, d'apr. le marmor 806.

(2) Clidicus, prédécesseur d'Hippomène. D'après Boeckh, Clidicus fut Archonte
22 ans après Eschyle. Quant à celui-ci, son archontat commence 2 ans avant la
1re Olympiade.

(3) Cette différence de 26 ans est exacte. Ainsi d'après la chronique de Paros,
l'année de la pér. Jul. 3132 est 3158 d'après le canon d'Eusèbe. Elle subsiste jusqu'à
Démophon. Boeckh réussit à la supprimer, en intercalant 6 ans d'abord entre
Menesthée et Médon et 20 ans entre Acastus et Créon, le premier archonte annuel.

Wendelinus croit qu'il y a une erreur dans les unités de temps. L'auteur de la chronique a pris pour base de son comput l'année d'Hérodote de 375 jours au lieu de
l'année attique de 360 jours avec intercalation bisannuelle (cycle octaétérique), de
sorte que chaque année depuis Cecrops jusqu'à Créon il y eut 10 jours de trop, ce qui
fait un total de 8740 jours ou 24 ans moins 100 jours, à déduire de 874 années. Nous
sommes alors à peu près ramenés aux chiffres d'Eusèbe et la difficulté disparaît. Malheureusement, Wendelinus ne donne aucune preuve et ne s'appuie sur aucun fait.

Voici quelques chiffres :

	Boeckh	Wendelinus
Menesthée		
Démophon	23	23
Oxyntes	35	33
Aphidas	14	12
Thymetes	1	1
Melanthus	9	8
Codrus	37	37
Medon	21	21
Total	140	135

Entre Ariphron et Charops, Boeckh compte 22 ans de plus que Wendelinus.

mediam anni quantitatem scivit dierum 575, quod est decendio
supra veram magnitudinem. Ergo cum sciret numerari a Cecrope
ad primam Olympiadem annos 782, inde autem ad primum
Archontem annalem 92, summam istam 874 annorum intelligi
voluit Herodotaeam, hoc est totidem istos annos Solares totidem-
que insuper decendia. At vero collectis decendiis in dies omnes
8740 anni conflantur 24 ipsi : quos pronunciavit desiderari
addendos illis, ut essent 898 a Cecrope ad primum Archontem
quo effato nixus autor, omnia tempora adusque Corinthiorum
coloniam Syracusas totidem annis submovit.

Hoc animadverso et initium Cecropis recte statuetur 782 annis
ante primam Olympiadem et digerentur Atticorum temporum
annales per Chronologiam nostram quam tu in Olympiadibus tuis
dudum probasti, perque annos (audeon' appellare?) Vendelinianos
in hunc modum.

2411 Cecrops I	2763 Menestheus	2958 Archippus
2461 Cranaus	2786 Demophoon	2973 Thersippus
2470 Amphyction	2819 Oxynthes	3014 Phorbas
2480 Erichthonius	2831 Aphidas	3045 Megacles
2530 Pandion I	2832 Thymoetes	3075 Diognetus
2570 Erechtheus	2840 Melanthus	3103 Pherecles
2620 Cecrops II	2877 Codrus	3122 Ariphron
2660 Pandion II	2898 Medon	3142 Thespieus
2685 Aegaeus	2918 Acastus	3169 Agamestor
2733 Theseus		

3189 Aeschyles cujus anno πέμπτῳ non πρώτῳ debent coepisse Olym-
        piades. Africanus habuit ἔτει τρίτῳ.

3212 Alcmaeon.

ΑΡΧΟΝΤΕΣ ΔΕΚΑΕΤΕΙΣ.

3213 Charops hujus item πέμπτῳ non πρώτῳ (1) Roma condita.

3223 Aesimedes hujus an. 4 capta Amphaea secundo Olymp. IX.

3233 Cleidicus   teste Pausania in Messeniacis.

3243 Hippomenes
        hujus annus quartus incidit in primum exactum Olympiadis XIV.
        Pausanias cujus mirus est nobiscum et cum marmore jam intel-
        lecto consensus.

3253 Leocrates

3263 Apsandrus

3273 Eryxias.

3283 Biennium hic est inter desitos decennales Archontes et Annuos
        creari coeptos.

3285 CREON primus Archon Annuus nostro Marmore.

(1) D'après Boeckh, la 3e.

Haec habebam quae in praesentiarum admonerem ; tu vero, mi
Puteane, jam hoc age, in Censorinum tuum incumbe sedulo ; et
anne porrho Geminum nactus fac me certiorem, sed et mihi
exemplar, undidem tuum, erue. Denique anne cum jam Pestilitas
hîc cum Bono Deo plane desierit, me audebis ad te ventitantem
coram alloqui, ac forsan hujus generis plura sicubi haereo adju-
tore rescribe. Langrio (1) a me salutem cui propediem Lovanii
pecunias repraesentaturum spero, complexurumque amicos, qui
te hic cum lectissima uxore ac liberis exosculor. Bethasiis Idib.
Novemb. 1629 a Cecrope 5211 pro Marmore 5187 pro veris ratio-
ciniis, 5185 pro Eusebio. Hunc vero anne postremum Belgii stan-
tis agimus? An autem *excessere omnes adytis arisque relictis, Dii
quibus Imperium hoc steterat ?* Quidquid id est, timeo C...OS (2)
et blanda loquentes. Fortes feremus fortia, in his ego.

Cultor Domus PUTEANICAE verus
Godefridus Wendelinus.

La lettre suivante contient les notes de Wendelinus sur
le marbre de Paros.

V. 6 et 7. Ἀφ' οὗ κατακλυσμὸς ἐπὶ Δευκαλίωνος ἐγένετο καὶ
Δευκαλίων τοὺς Ὄμβρους ἔφυγεν, ἐκ Λυκωρείας εἰς Ἀθήνας, πρότε-
ρον καὶ τοῦ Διὸς θύος διδάξειν τοῦ τοὶ ρα Κρονίδου καλουμένου,
ᾧ τὰ Σωτήρια ἔθυσεν (3).

Vers. 25 : Καρπὸν ἐφύτευεν καὶ προύτεινε πρασίας δέξαντος
Τριπτολέμου (4).

Vers. 26 : Ἀφ' οὗ Τριπτολέμου υἱὸς τὴν ἐπ' αὐτοῦ ποίησιν ἐξέ-

(1) L'astronome Van Langren, l'ami commun de Puteanus et de Wendelinus.

(2) Wendelin a laissé le mot en blanc, parce qu'il ne veut être compris que
de Puteanus.

(3) Hiller de Gaertringen, Corpus insc. graec.. XII, 5, pars 1, p. 104 : Ἀφ'οῦ
κατακλυσμὸς ἐπὶ Δευκαλίωνος ἐγένετο καὶ Δευκαλίων τοὺς ὄμβρους ἔφυγεν
ἐγ Λυκωρείας εἰς Ἀθήνας πρὸ[ς Κρανα] ὸν καὶ τοῦ Διὸ[σ τ]ο[ῦ Ολυ]μ[πί]ου τό
ἱ[ερ]ὸν ἰδ[[ρύσατ]ο καὶ τὰ Σωτήρια ἔθυσεν. L'idée de Wendelinus est excellente. Il
voit bien qu'il est fait allusion ici au culte de Zeus introduit en Attique par Deucalion ;
ses erreurs proviennent de ce qu'il a mal lu certaines lettres. Ainsi le mot θυος qu'il
intercale dans le texte est presque incompréhensible. Est-ce une erreur pour Θύους?

(4) Il est question ici de Demeter et de Triptolème, mais on ne sait de quelle partie
du mythe il s'agit. Les chronologistes ne sont pas d'accord. Voici la restitution de
Hiller v. Gaertringen : (Ἀφ' οῦ Δημήτηρ ἀφικομένη εἰς Ἀθήνας) καρπὸν
ἐφύ[τευσ]εν καὶ Πρ[οηροσία (?) ἐ]πρά[χθη πρ]ώτη δ[.....Τ]ριπτολέμου. Wendelinus traduisait ainsi son texte : *Ut frugum sationem Ceres docuerit productis sulcis,
quam disciplinam ruris susceperat Triptolemos.* Cette restitution paraît forcée (προύτεινε, proponere, praescribere?), mais elle n'est pas invraisemblable.

θηκε, Κόρης τε ἁρπάγην, καὶ Δήμητρος Ζήτησιν, καὶ τὸν ἑαυτοῦ σπόρον καὶ τὸ πένθος τῶν ὑποδεξαμένων τὸν καρπόν (1).

Vers. 28 : ’Αφ’ οὗ Εὔμολπος ὁ Λίνου τὰ Μυστήρια ἀνεφῆνεν ἐν ’Ελεύσινι καὶ τὰς τοῦ πρώτου Μουσαίου ποιήσεις ἐξέθηκε (2),

Vers. 52 : Αφ’ οὗ κατὰ λογοποίους vel sane Μυθολόγους τῇ Διογενησίᾳ ’Ηρακλῆς ἐξ ’Αλκμήνης τῆς ’Αμφιτρυῶνος γαμετίδος τέτεκται (3).

Vers 56 : ’Απὸ τῆς ’Αμαζόνων ἐπὶ τὴν ’Αττικὴν στρατηλασίας (4).

Vers 37 : ’Αφ’ οὗ ’Αργεῖοι σὺν ’Αδράστῳ εἰς Θήβας ἤλευσαν καὶ τὸν ’Αγῶνα ἐν ’Αχαΐᾳ ἠθέσαν ἐπ’ ’Αρχεμόρῳ. (5)

Il existe une lettre de Wendelinus qui répète à peu près dans les mêmes termes le contenu de la lettre à Puteanus. Elle est adressée à Denis Petau.

R. In Christo Patri Viro Incomparabili
DIONYSIO PETAVIO S. J. J.
Godef. Wendelinus S. D. (6).

Eruditionem illam tuam, vir praestantissime, qua saeculum nostrum supergressus prisca post te reliquisti, futura suspen-

(1) Ici presque tous les chronologistes songent à Orphée et non à Triptolème. Au lieu de πένθος, on admet πάθος ou γῆθος. Wendelin a aussi écrit γῆθος en marge. Corp. Insc. graec. se rapproche plus ou moins du texte de Wendelin. [’Αφ’ οὗ ’Ορφεὺς ὁ Οἰάγρου καὶ Καλλιόπης] υἱὸ[ς τὴ]ν [ἑ]αυτοῦ πο[ί]ησιν ἐξ[έ]θηκε Κόρης τε ἁρπαγὴν καὶ Δήμητρος Ζήτησιν καὶ τὸν αὐτου[ργηθέντα ὑπ’ αὐτῆς σπόρον καὶ τὸ κεῖθεν ἔ]θος τῶν ὑποδεξαμένων τὸν καρπὸν.

(2) Boeckh Εὔμολπος ὁ Μουσαίου. Id. Hiller von Gaertringen.

(3) Les chronologistes sont en désaccord complet. Prideaux pense à l'initiation d'Hercule aux mystères et à la purification des Athéniens, Baumgarten songe au meurtre d'Androgée.

Boeckh est trop hardi. Ch. Mueller (*Fragmenta historicorum graec.* Coll. Didot, t. I, p. 544) croit qu'il est question des Argonautes. Wendelin, comme on le voit, rapporte le texte à la naissance d'Hercule. Cette ligne est demeurée sans restitution dans le Corpus I. G.

(4) C'est Wendelinus qui a trouvé le premier la vraie leçon de la ligne 36. Jusqu'à lui, on croyait qu'il était fait allusion au culte d'Ammon, parce qu'on lisait mal AM[AI]ON, qu'on traduisait par AMMON. (Palmer, Selden, Baumgarten) : Boeckh prouve que le chroniqueur grec parle de l'invasion des Amazones en Attique sous Thésée. Il y avait longtemps que cette trouvaille était faite.

(5) Les modernes Boeckh et Hiller v. Gaertringen lisent ἐστρδτευσαν au lieu de ἐβασίλευσαν qui avait été longtemps admis par suite d'une mauvaise lecture de Selden. Wendelinus avait vu que ἐβασίλευσαν ne convenait pas. Mais il n'est pas heureux dans son choix de ἤλευσαν, forme extraordinaire, sans doute l'aoriste de ’ἀλεύω. On n'admet pas non plus la leçon ’Αχαΐᾳ que le *Corpus* remplace par Νεμέᾳ, bien que les deux leçons se vaillent. Hiller v. Gaertr. n'est pas sûr de ἐπ’ ’Αρχεμόρωι.

(6) Paris, *Biblioth. nation.*, n. acq. lat. 1554, fol. 102.

disti (1), semper quidem alias et post editum jam tertium tuum
tomum supra quam intelligo admiratus sum, et de prolatis in
Latinum orbem Hipparcho, Tatio Juliano gratulatus (2), nisi quia
offensionis aliquid obhaesit de Edone illo Hilderico (3), quod
versionem ejus spurcam illam (nihil dico in praesentiarum gra-
vius) non satis damnasti. Nam quantillum erat hoc, ut puriorem
dares Geminum, tantus tu elegantiarum et sermonis castigatissimi
promus ac condus? Sed ferat ille fortunam suam, dum ego meam
tibi aperio testem innocentiae meae, si culpa est apud te tantum
jam temporis nihil scripsisse. Ergo, post meas illas postremas,
dum succedit nobis atque Ecclesiae annus 1629 quo Sylva Ducis
obsidetur ab hostibus (verum tu a me hoc verbum habe) etiam
Francici (?) nomine, dum ingruunt metationes militum assiduae
vere *Assiduae*, nosque exsugunt, postremo, ne quid malorum
reliqui sit pestilitas ingruit, qua correptus meus Sacellanus inter 40
horas exstinguitur die 5 Septemb. cum pridie adhuc celebrasset.
In partem lethi ego quoque venio dum illi pro eo ac munus meum
flagitabat adsum morienti qua sacramentis, qua commendationi-
bus. Et malo ictus, statim mihi infigo consiliginem salutarem ad
hujuscemodi herbam et, in eam partem dum virus omne incumbit
et exsugitur aut eliquatur, praesentaneam mortem evado. Sed ad
sanitatem dum venit curatio jam December est et Januarius anni
1630. Itaque gnarus quanti sit ad amicos litteras dare, dum con-
tagia grassantur, neque tibi scripsi neque Gassendo respondere
volui totum illum annum, acturus alioquin tecum de Marmoribus
illis Arundellianis, cum utroque de Eclipsi Solari quam ego obser-
vavi ab hora 6-25 pomeridiana ad usque horam 8-1, quando adhuc
notavi obscuratum Solem digitis 4 admodum nubi Horizontali
jam se immergentem. Ad marmora quod attinet, rogatus etiam
ab aliis sententiam, sic censui : Epochas ejus omnes ad con-
ditum usque Syracusarum referri 24 annis vetustiores (4), justo

(1) Ici, Wendelin s'essaye à faire du style ; mais son langage n'en est que plus
grossier et plus inhabile.

(2) *Uranologion sive systema variorum authorum, qui de sphaera ac sideribus
eorumque motibus Graece commentati sunt. Sunt autem horum libri. Gemini et
Achilis Tatii Isagoge ad Arati phaenomena, Hipparchi libri III ad Aratum, Ptole-
maei de apparentiis.... cura et studio Dionysii Petavii Aurelianensis.* . Paris,
S. Cramoisy, 1630 (SOMMERVOGEL, *Bibl. de la Comp. de Jésus, t. VI, Paris, 1894*).

(3) Édon Hilderich de Varel, mathématicien frison, professeur à Heidelberg et à
Francfort, avait publié en 1590 une édition de Geminos a Altorf.

(4) Voy. ci-dessus.

quod autor marmoris dum vult videri accuratus, χρονομαλίας commentus est quasi ad Archontes annuos obtinuerit forma anni Herodotaei et biennium quodque constiterit diebus 750, unde necesse fuit opinari a Cecrope ad Archontem primum annos 874 totidem decendiis, hoc est annis 24 altius repetendas. Quo initio semel constituto, reliquae χρονομαλίας securus, pellibus incubuit stratis somnosque petivit.

Lacunas ejusdem supplere conatus sum, cum alias, tum et hanc Ἀφ᾽ οὗ κατὰ λόγον Ἡρακλῆς Διογενησίᾳ ἐξ Ἀλκμήνης τῆς Ἀμφιτρύωνος ἀλόχιδος τέτεκται. Tum et illam Ἀφ᾽ οὗ Ἀργεῖοι σὺν Ἀδράστῳ εἰς Θήβας ἤλευσαν καὶ τὸν Ἀγῶνα ἐν Ἀχαίᾳ ἠθέσαν (malim ἔθηκαν), ἐπ᾽ Ἀρχεμόρῳ. Jam et illam Ἀφ᾽ οὗ καθαρμὸς πρῶτον ἐγένετο τοῦ φόνου πρώτῳ Ἀόνων ἑαυτῶν Ἀμφιτρύων, ὑπὸ Κρέοντος ἁγνισθέντι (1). Item et istam Ἀφ᾽ οὗ Τριπτόλεμος Κελέου υἱὸς τὴν ἐπ᾽ αὐτοῦ ποίησιν ἐξέθηκε Κόρης τε ἁρπάγην καὶ Δήμητρος ζήτησιν καὶ τὸ γῆθος τῶν ὑποδεξαμένων τὸν καρπόν.

Tu quid censes, vir eruditissime, a quo reprehendi laudari est? Haec de memoria accerso praefestinus in musaeo cl. Viri D. De la Tour (2), cum quo utinam integrum sit hinc ad te advolare teque coram complecti (quod aliquando faciam). Interea me tibi professus · · · · · Quantus quantus sum totum
Godef. Wendelinum.
Bruxellae praefestine die 18 Januarii 1651.

Le savant curé de Herck-la-Ville est avec Erycius Puteanus, P. Castellanus, Nic. Vernulaeus et quelques autres, le dernier des érudits qui soutinrent la réputation de notre philologie. Après 1650, toute activité scientifique s'éteint dans nos provinces, c'est la stérilité la plus complète.

(1) Boeckh et Mueller ont pensé à la purification des Athéniens par Hercule. Le texte original est celui-ci : Ἀφ᾽ οὗ καθαρμὸς πρῶτον ἐγένετο ...... ΟΥΠΡΩΤΩΙΑΟΝ... ΕΑΝΤ....., restitué par eux en ἐγένετο [φόν]ου, πρώτω[ν] Ἀ[θηναίων καθηρ]άντ[ων]. Charles Mueller (fragm. Didot) a conjecturé qu'il s'agissait d'Ixion ou d'Antion. Wendelinus restitue le texte en l'appliquant à la légende d'Amphitryon. D'après Apollodore (Bibl. II, 4, 6), Amphitryon avait tué involontairement Électryon, roi de Mycènes et, pour ce motif, fut purifié par Créon, roi de Thèbes, lorsqu'il fut chassé de Mycènes par Sthenelos. Je suppose pourtant qu'Ἀόνων désigne d'une façon générale les peuples de la Béotie parmi lesquels les Téléboens. Quoi qu'il en soit, la reconstitution de Wendelin est inacceptable. Il ne remarque pas que le verset précédent (29) fait allusion à l'initiation d'Éleusis et qu'il est bien plus vraisemblable de songer aux mystères qu'à la légende d'Amphitryon.

(2) Louis de la Tour (Ludov. Turrianus), poète latin belge, mort en 1632. Il était chartreux. V. Paquot, *Mémoires*, t. VI, p. 199.

INDEX NOMINUM.

SOMMAIRE

—